마지막 왕자

강숙인

1953년 대구에서 태어나 서울예술대학 문예창작학과를 졸업했다. 1978년 '동아연극상'에 장막 희곡이 입선되어 작가로 활동하기 시작했으며, 1979년 '소년중앙문학상'과 1983년 '계몽사아동문학상'에 동화가 당선되었다. 우리 역사와 고전에 대한 특별한 애정을 갖고 역사적 사건이나 인물을 새로운 시각으로 그려 내거나 고전을 재해석하는 작업을 꾸준히 해 오고 있으며, 제6회 '가톨릭문학상'과 제1회 '윤석중문학상'을 수상했다. 대표적인 작품으로 『마지막 왕자』, 『아, 호동 왕자』, 『청아 청아 예쁜 청아』, 『뢰제의 나라』, 『화랑 바도루』, 『초원의 별』, 『지귀, 선덕 여왕을 꿈꾸다』, 『불가사리』, 『눈사람이 흘린 눈물』, 『나에게 속삭여 봐』 등이 있다.

블로그_www.blog.naver.com/rese0468

푸른도서관 15
마지막 왕자

초판 1쇄 / 2007년 7월 20일
초판 10쇄 / 2021년 11월 20일

지은이 / 강숙인
펴낸이 / 신형건
펴낸곳 / (주)푸른책들
등록 / 제321-2008-00155호
주소 / 서울특별시 서초구 양재천로7길 16 푸르니빌딩 (우)06754
전화 / 02-581-0334~5 팩스 / 02-582-0648
이메일 / prooni@prooni.com 홈페이지 / www.prooni.com
인스타그램 / @proonibook 블로그 / blog.naver.com/proonibook

ⓒ 강숙인, 1999, 2007
ISBN 978-89-5798-093-4 03810

＊잘못된 책은 구입한 곳에서 바꾸어 드립니다.
＊이 책 내용의 일부 또는 전부를 재사용하려면 반드시 저작권자와
(주)푸른책들 양측의 서면 동의를 얻어야 합니다.

이 도서의 국립중앙도서관 출판시도서목록(CIP)은 서지정보유통지원시스템 홈페이지(http://seoji.nl.go.kr)와 국가자료공동목록시스템(http://www.nl.go.kr/kolisnet)에서 이용하실 수 있습니다.
(CIP제어번호: CIP2007001779)

(주)푸른책들은 도서 판매 수익금의 일부를 초록우산 어린이재단에 기부하여
어린이들을 위한 사랑 나눔에 동참합니다.

마지막 왕자

강숙인 지음

푸른책들

차례

다시 천년 뒤에 …… 164

달못에는 다시 달이 떠도 …… 156

마음에 새긴 두 글자 …… 133

남산성에서 …… 101

거세고 찬 바람 앞에 …… 70

임금은 아비시고 …… 38

서쪽으로 가는 반달 …… 7

작가의 말 · 181

서쪽으로 가는 반달

드넓은 궁궐 뜰에는 누렇게 빛 바랜 낙엽들이 바람결에 몸을 뒤척이고 있었다. 선의 발길이 닿을 때마다 낙엽은 소스라치게 놀란 듯, 사그락사그락 소리를 내곤 했다.

새벽마다 시종들이 궁궐 뜰을 말끔히 비질하는데도 오후가 되면 또다시 이렇게 낙엽이 발에 밟히는 것이다.

선은 불경을 가슴에 안고 아바마마의 처소로 가는 길이었다. 아바마마에게서 불경을 배우기 위해서였다.

선이 불경 공부를 시작한 것은 지난봄, 오동나무에 눈이 트는 청명절 무렵이었는데 어느 새 가을이 왕궁 뜰 깊숙이 와 있었다.

절기는 바야흐로 찬 서리가 땅으로 내려앉는 상강절이었다.

상강절에는 온 산의 나뭇잎이 붉게 물들고 벌레들이 모두 땅속으로 들어간다고 가르쳐 준 사람은 큰형이었다.

선은 문득 큰형에게서 24절기에 대해 배우던 일이 생각났다.

한 해에는 스물네 개의 절기가 있고, 그 절기마다 뚜렷이 나타나는 자연 현상이 있다고 했다. 한 해는 먼저 입춘절부터 시작되는데, 사실은 이미 동지절부터 온 땅을 감싸던 찬 기운 속에서 한 자락 따뜻한 기운이 움트기 때문에 옛 사람들은 동지를 이미 한 해의 시작으로 쳤다고 했다.

"하지만 한 해가 정식으로 시작되는 것은 입춘부터다. 입춘절에는 샛바람(동풍)이 불어 얼어붙었던 땅이 풀리고 잠자던 벌레들이 꿈틀거리기 시작하며 물고기가 얼음을 등진 채 헤엄치기 시작한단다."

봄에 새쪽(동쪽)에서 불어 오는 샛바람을 한자로는 명서풍(明庶風)이라고 쓴다는 것도 큰형이 가르쳐 주었다. 봄빛처럼 밝은 바람이라는 뜻이라고 했다.

물론 선에게 공부를 가르쳐 주는 스승들은 따로 있었다. 왕족 자제들을 가르치는 태학감 박사들이 선의 스승들이었다. 박사들은 선과 형들에게 신라의 역사와 조상들에 대해, 왕자로서 지켜야 할 법도에 대해 가르쳐 주었고, 불국사와 첨성대를 만든 신라의 뛰어난 산학(수학)과 천문학에 대해서도 가르쳐 주었다. 또한 유학에 대한 공부도 했다.

하지만 박사들에게 정식으로 배우는 공부보다 큰형이 틈틈이 가르쳐 주는 화랑들 이야기며 역대 왕들의 이야기, 신라 노래인 사뇌가, 밤 하늘에 떠 있는 28수 별자리, 그리고 24절기와 그 절기마다 부는 바람의 이름이 더 재미있고 머리에도 쏙쏙 들어왔다.

그런데 언제부턴가 큰형은 자신만의 일에 바빠서 선에게 예전처럼 이것저것 가르쳐 주는 일이 거의 없어졌다. 하루에 한두 번 얼굴을 보는 것이 고작인 때도 많았다.

큰형과 함께 있고 싶어서 아바마마를 졸라 큰형이 거처하는 월지궁으로 옮겨 온 것이 지난해 가을이었는데, 그 이후 큰형은 오히려 더 바빠졌다.

'태자 형님께서 바쁘지 않았을 때는 참 좋았는데……'

서늘한 바람이 선의 얼굴을 쓰다듬으면서 옷소매 속으로 파고들었다. 가슴 속으로도 서늘한 바람이 스쳐 갔다.

큰형은 이맘때쯤 서북쪽에서 불어 오는 바람을 높하늬바람이라고 가르쳐 주었다. 한자로는 부주풍(不周風)이라고 쓴다고 했다. 일정한 주기가 없이 시도 때도 없이 부는 바람이란 뜻이라고 했다.

큰형이 저에게서 멀어진 다음부터 선의 가슴 속에서는 정말

시도 때도 없이 바람이 불곤 했다. 쓸쓸함, 또는 외로움이란 이름의 바람이었다.

선은 아바마마나 어마마마보다 큰형을 더 좋아했다. 아바마마 어마마마는 물론이고 여섯이나 되는 형들 모두가 막내인 선을 귀여워했는데, 선은 유난히 큰형을 좋아했다. 나이 차이가 많아 대하기가 어려울 수도 있는 큰형이 제 또래의 형들보다 훨씬 좋았다.

어쩌면 사람들은 큰형이 친형이기 때문에 선이 그처럼 좋아한다고 생각할는지도 모른다. 아버지의 첫 번째 부인인 어머니는 큰형과 선을 낳았을 뿐이고, 나머지 형들은 다른 어머니들이 낳았다.

하지만 반드시 그런 이유 때문이라고 할 수만은 없다. 까닭 없이, 정말 아무 까닭도 없이 선은 무턱대고 큰형이 좋았다.

큰형은 나이가 스물한 살이고 이름은 일(鎰)이다.

그러나 큰형을 그 이름으로 부르는 사람은 아무도 없다. 아바마마와 어마마마는 큰형을 태자라고 부르고, 다른 사람들은 태자전하라고 불렀다.

선도 큰형을 깍듯하게 태자전하라고 불렀다. 그것이 법도이기 때문이다.

선의 아버지 김부(金傅) 대왕은 신라의 56대 임금이다.

아버지가 왕이 된 것은 8년 전, 선이 다섯 살 때 일이었다. 그 때 후백제의 견훤이 신라의 서울인 서라벌로 쳐들어와 임금을 죽이고 왕족인 아버지를 새 임금으로 앉혔다.

왕이 된 아버지는 맏아들인 큰형을 태자로 삼았고, 그 때부터 큰형은 이름 대신 태자로 불리게 되었다.

어렸을 때부터 선은 큰형을 무척 따랐고 큰형도 선을 아주 귀여워했다. 큰형은 말타기며 칼쓰는 법도 가르쳐 주었고, 선이 철이 들어 큰형이 하는 이야기를 알아듣게 되자 신라가 삼국을 통일한 일이며 역대 왕들 얘기도 들려 주었다.

그런데 지난해 여름부터 큰형은 차츰 선에게서 멀어지기 시작했다. 큰형이 보고 싶어 월지궁으로 놀러 가도 큰형은 궁 안에 없을 때가 많았다. 궁 안에 있을 때도 큰형은 바쁘다면서 선을 그냥 돌려보내곤 했다.

선은 혼자서 애태우다가 마침내 아바마마에게 월지궁으로 옮기게 해 달라고 부탁했다. 월지궁에서 큰형과 함께 지내면 전처럼 도로 가까워질 수 있을 것 같아서였다.

또 월지궁에서 큰형과 함께 지내게 되면 반월성에서 제 또래의 형들과 함께 지낼 때보다는 어린아이 취급을 덜 받을 것 같아서 은근히 기대도 되었다. 막내여서 그런지 왕실 식구 모두가 선을 어린아이로만 여겼고, 선은 그것이 늘 불만이었다.

아바마마가 선의 그 마음을 다 알고 있다는 듯, 선의 청을 듣고는 빙그레 웃었다.

"네가 아비 어미 품에서 벗어나 하루 빨리 어른이 되고 싶은 게로구나. 네 나이 때는 누구나 그런 생각을 하지. 좋다. 태자가 허락한다면 월지궁에서 지내거라."

큰형도 선뜻 그 일에 찬성했고, 선은 월지궁으로 거처를 옮겼다. 큰형이 거처하는 동궁전에 딸린 작은 전각이 선의 새 처소가 되었다.

반월성 바로 옆에 있는 월지궁은 태자가 거처하는 동궁으로 왕궁인 반월성 못지않게 크고 아름다운 궁궐이다.

"월지궁은 삼국 통일을 이룩한 문무대왕께서 지으신 궁궐이다. 태자의 거처인 동궁을 이처럼 화려하고 아름답게 지으신 것은 신라의 앞날을 짊어질 태자들을 그만큼 중히 생각하셨기 때문이다. 말하자면 문무대왕은 끝없이 발전하는 신라의 미래를 염원하면서 이 궁궐을 지으신 것이지."

언젠가 큰형이 선에게 들려 준 말이었다.

월지궁에는 태자가 거처하는 동궁전 외에도 조정의 대신들에게 잔치를 베푸는 임해전, 국사를 의논하는 평의전과 그밖에 여러 채의 전각이 있다.

그 전각들 앞쪽에는 달못(월지)이라 부르는 아름다운 연못이 있다. 달못 쪽에서 바라보면 월지궁의 전각들이 서쪽과 남쪽 못가를 따라 죽 늘어서 있다. 달못 동쪽과 북쪽은 궁궐 정원인데, 못 옆으로 나지막한 언덕을 열두 개나 잇달아 만들어 그 언덕마다 진기한 나무와 화사한 꽃들을 심어 놓았다.

선은 월지궁에서 지내게 된 뒤부터 마음이 쓸쓸할 때면 못가에 있는 누각에 앉아 달못을 하염없이 바라보곤 했다.

거울 같은 못물에 거꾸로 비치는 화려한 전각들과 못가 언덕의 나무들을 들여다보고 있노라면 물 속에 또 하나의 궁궐이 있는 것 같은 생각이 들기도 했다.

큰형은 이 월지궁의 달못과 정원을 유난히 좋아했는데, 특히 달 밝은 밤에 달못 갓길을 산책하는 것을 좋아했다. 선도 큰형과 함께 갓길을 산책한 적이 있었다.

달못 갓길을 산책할 때면, 큰형은 아무 말도 하지 않고 그냥 천천히 걷기만 했다. 물 속에서 노니는 달을 바라보기도 하고, 달빛으로 몸을 씻는 나무들을 바라보기도 하면서.

"이렇게 아무 생각 없이 한참을 걷다 보면 어느 새 내가 달빛과 달못과 갓길 언덕의 나무와 꽃과 하나가 된 것 같은 느낌이 든다. 달빛과 달못의 속삭임, 모든 살아 있는 것들이 내 마음 속으로 물처럼 스며들어 따뜻하고 행복해진단다. 너도 아무 생각 없이 나처럼 걸어 보아라. 그럼 이런 행복한 기분을 느낄 수 있을 테니까."

 선은 여러 번 큰형과 함께 달빛을 받으며 달못 갓길을 산책했지만, 한 번도 큰형이 말한 그런 희한한 기분을 느껴 본 적이 없었다. '달빛과 달못과 갓길 언덕의 나무와 꽃과 하나가 된 것' 같다는 그 말도 사실은 무슨 뜻인지 잘 알기가 어려웠다.

 '이제부터는 달만 뜨면 태자 형님과 함께 달못 갓길을 산책하게 되겠지. 그럼 나도 태자 형님이 말한 그런 기분을 느낄 수 있게 될지도 몰라.'

 처음 월지궁으로 옮겨 왔을 때 선은 마음 속으로 그렇게 기대하며 기뻐했다.

 그러나 얼마 안 가 선은 큰형과 함께 산책하는 것은 고사하고 큰형의 얼굴을 보는 것조차 힘들어졌다. 반월성에 있을 때보다 더 큰형을 만나지 못하게 된 것이다.

 큰형은 무슨 일 때문인지 새벽에 궐 문이 열리기가 무섭게 말을 타고 궁궐 밖으로 나가 밤늦게 돌아오는 때가 많았다. 궐문이 닫히기 직전에 돌아오는 때도 있었다. 언제나 큰형을 그림자처럼 따라다니는 차대사(次大舍) 상덕 한 사람만 데리고서.

 어쩌다 궁궐에 있을 때도 큰형은 바쁘다면서 혼자 있으려고만 했다. 아침이나 저녁 때 함께 식사를 하게 되어도 큰형은 무얼 그리 깊이 생각하는지 통 말을 하지 않았다. 선이 무얼 물어도 건성으로 이렇게 말할 뿐이었다.

"그런 건 넌 몰라도 된다. 넌 아직 어리니까."

그럴 때마다 선은 몹시 속상했다. 지난해 가을 선의 나이 이미 열두 살이었다. 스무 살인 큰형에 비하면 아직 어리긴 했지만, 선은 열두 살이 결코 적은 나이라고는 생각지 않았다. 월지궁으로 옮겨 오면 어린아이 취급 받는 것에서 벗어날 줄 알았는데, 큰형의 눈에는 여전히 선이 어리게만 보이는 모양이었다.

"결코 어리지 않아요, 태자전하. 궐 밖에 나가서서 무슨 일을 하시는지 제게도 가르쳐 주셔요. 예전엔 제가 물어 보면 뭐든지 대답해 주셨잖아요."

"지금도 대답할 만한 일이면 뭐든 대답해 주지 않느냐. 앞으로도 그럴 거고."

그 말은 대답해 줄 수 없는 일은 하늘이 두 쪽 나도 말해 주지 않겠다는 뜻이었다.

선은 큰형의 고집을 잘 아는지라 더 이상 캐묻지 않았다. 대신 차대사 상덕에게 몇 번 캐물어 보았는데, 상덕은 한결같이 태자전하께 여쭤 보세요,라고 대답할 뿐이었다.

그런데 지난봄 어느 날이었다. 선이 큰형과 함께 아바마마에게 문안 인사를 드리러 갔을 때, 아바마마가 큰형에게 물었다.

"태자야, 요즘 네가 혼자서 자주 궁궐 밖으로 나간다는 것이 사실이냐?"

"혼자는 아닙니다. 언제나 차대사가 제 곁을 따르고 있습니다."

아바마마도 차대사 상덕에 대해서는 잘 알고 있었다.

상덕은 아홉 살 때부터 선의 집에서 살았다. 원래 평민이었는데, 부모가 가난에 못 이겨 상덕을 어느 대신 집에 종으로 팔았다고 했다. 그 집에서는 어린 상덕을 심하게 부렸기 때문에 상덕은 그 곳에서 고생을 많이 했다.

어느 날 큰형이 아버지를 따라 그 집에 놀러 갔다가 상덕이 주인집 아들에게 몹시 매를 맞는 것을 보았다. 큰형이 눈물을 글썽이며 아버지에게 상덕을 집으로 데려가자고 부탁했다. 그 때 큰형의 나이 여섯 살이었다.

"어린 나이에 그런 생각을 하다니 기특하구나. 그러고 보니 넌 이 아비보다 네 할아버지를 많이 닮은 듯하구나."

선의 할아버지 김효종(金孝宗)은 젊었을 때 낭도를 수천 명이나 거느린 유명한 화랑이었다. 할아버지 효종랑이 눈먼 어머니를 봉양하기 위해 종이 된 지은이라는 효녀를 구해 준 일은 지금도 많은 사람들이 아름다운 이야기로 기억하고 있다.

"네 할아버지께서 살아 계셨다면 지금 네 말을 듣고 기뻐하셨을 것이다. 남의 아픔을 함께 아파할 줄 아는 여린 마음을 가진 사람만이 진정으로 강한 대장부가 될 수 있느니라."

아버지는 그렇게 말하면서 큰형의 청을 선뜻 들어 주었다.

그 날부터 상덕은 선의 집 종이 되었다. 큰형은 총명하고 마음이 곧은 상덕을 좋아하여 종이 아니라 친형제처럼 대해 주었다. 큰형은 글공부보다 검법을 먼저 익히고 있었는데, 상덕도 같이 검법을 배우게 했다.

상덕은 무예에 남다른 소질이 있어 어렵지 않게 검법을 익혔고, 몇 년 뒤에는 큰형 못지않게 뛰어난 무예를 지니게 되었다.

아버지가 왕이 되어 궁으로 들어가게 되었을 때, 큰형은 아바마마에게 청해 상덕을 노비의 신분에서 도로 평민으로 만들어 주었다. 상덕이 원한다면 다른 곳으로 마음대로 가도 좋다고 했다.

그러나 상덕은 큰형 곁을 떠나지 않겠다고 했다. 큰형도 상덕을 친형제처럼 생각했기 때문에 아바마마의 허락을 얻어 상덕이 특별히 궁 안에서 살도록 해 주었다.

상덕은 큰형과 함께 지내면서 큰형의 의복이며 머리에 쓰는 관을 챙기는 일에서부터 말을 돌보는 일까지 한 치의 빈틈도 없이 큰형의 시중을 들었다.

큰형이 태자가 되면서 할 일이 많아지자 큰형의 하루 일과를 점검하고 그에 대한 준비를 다 맡아 하게 되었다. 아울러 그림자처럼 따라다니면서 큰형을 호위했다.

아바마마는 그런 상덕에게 차대사의 벼슬을 내리고 동궁의 모든 일을 맡아 관리하게 했다. 차대사는 동궁에 딸린 관청의 버금 벼슬로 그리 높은 벼슬은 아니었지만, 평민인 상덕에게는 특별 대우를 한 셈이었다. 그것은 아바마마와 큰형이 그만큼 상덕을 믿고 있다는 뜻이기도 했다.

"차대사의 무예가 뛰어나다는 것은 나도 잘 안다. 허나 세상이 어수선하고 인심은 흉흉하다. 태자를 해쳐 왕건에게 잘 보이려는 못된 무리가 있을지도 모르고, 조정을 원망하는 백성들도 많을 터, 어찌 태자의 몸으로 호위병도 없이 차대사 한 사람만 데리고 궐 밖으로 나간단 말이냐? 비록 우리 신라가 이미 다 기울었다고는 하나 너는 엄연히 신라의 태자다. 태자가 굳건해야 신라의 앞날도 기약할 수 있는 법, 스스로를 아끼고 중히 여겨야 한다."

"염려하지 마시옵소서, 아바마마. 제 한 몸도 스스로 지키지 못한대서야 어찌 한 나라의 태자라 할 수 있겠사옵니까?"

"허면 태자인 네가 위험을 무릅쓰고 궐 밖에 나가 해야 할 일이 대체 무엇이란 말이냐?"

"태자로서 마땅히 해야 할 일을 하고 있사오니, 아바마마께서는 아무 심려 마시옵소서."

"무슨 일을 하는지는 말하지 않겠다는 뜻이구나."

"송구하옵니다."

큰형의 대답은 공손했지만, 그 속에는 어느 누구도 꺾을 수 없는 고집이 어려 있었다. 아바마마는 그다지 노여운 기색 없이 조용히 다시 한 번 물었다.

"차대사에게 물어 봐도 되겠느냐?"

"제가 허락하지 않는 한, 차대사는 입을 열지 않을 것이옵니다. 아바마마께서 큰 벌을 내리신다 해도."

"내가 왜 그걸 모르겠느냐. 알려고만 한다면 굳이 차대사가 아니더라도 알 수 있는 방법은 많다. 다만 나는 태자, 너에게서 그 말을 듣고 싶었을 뿐이다."

큰형은 아무 말 없이 고개만 숙이고 있었다.

"이제 그만 나가 보아라."

아바마마가 큰형을 보며 부드럽게 말했다. 큰형이 조용히 방을 나갔다.

큰형이 나간 뒤, 아바마마는 한동안 아무 말이 없었다. 무언가 깊은 생각에 잠긴 듯한 아바마마의 얼굴에는 먹구름이 짙게 깔려 있었다.

"아바마마, 태자 형님이 궐 밖에서 무슨 일을 하는지 그렇게 걱정이 되신다면 믿을 만한 사람을 시켜 알아 보라고 하십시오."

사실은 아바마마보다 선이 더 큰형이 하는 일에 대해 알고 싶었다. 큰형을 믿고 있기는 했지만 어쩐지 걱정이 되는 것도 사실이었다.

"아비는 아들에 대해 누구보다 잘 아는 법이다. 태자가 무슨 일을 하는지 이 아비가 어찌 짐작도 하지 못하겠느냐?"

"태자 형님께서는 무슨 일을 하고 계신 것인지요?"

아바마마는 대답 대신 혼잣말처럼 중얼거렸다.

"태자에게는 대장부의 기상이 있다. 삼국을 하나로 통일했을 때의 화랑과도 같은 아름다운 기상이……. 허나 때를 잘못 타고났어. 이런 어지러운 때에는 그저 평범한 것이 제일 좋은 법이다. 태자가 잘난 것이 내게는 더 안쓰럽구나."

아바마마가 일곱 아들 중에서 큰형을 가장 사랑하고 있다는 것을 선은 그 때 분명히 알았다.

이윽고 선이 아바마마의 처소를 나오려 하자 아바마마가 문득 생각난 듯 선에게 말했다.

"선아, 너 오후에는 무얼 하고 지내느냐?"

오전에 선은 제 또래의 형들과 함께 박사들에게서 공부를 배우고 있었다.

"오후에는 형님들과 놀거나 혼자 말을 타기도 하고 달못을 바라보며 시간을 보내기도 합니다. 요즘은 주로 말을 탑니다. 태자 형님처럼 말을 멋지게 타고 싶어서……."

"그럼 이틀에 한 번씩 신시(申時, 오후 4시)에 이리로 오너라. 아비와 함께 불경 공부를 하자구나."

아바마마에게 그 말을 듣는 순간, 선은 서글픈 생각이 들었다. 한 나라의 임금인 아바마마가 아들에게 불경을 가르쳐 줄 정도로 한가해졌다는 사실이 어쩐지 좋지 않은 조짐으로 여겨졌던 것이다.

선이 대답을 않고 잠자코 있자 아바마마가 재촉하듯 물었다.

"왜, 불경 공부하기가 싫으냐? 어려울까 봐?"

"아닙니다. 다만 그 시간이 아바마마께서 나라일을 보셔야 하는 시간이라……."

"아비가 할 일 없는 임금이 된 것이 언짢은 모양이구나. 허나 너까지 나라일 걱정할 필요는 없다. 넌 다만 불경 공부만 착실히 하면 된다. 내일부터 공부하러 오너라. 알겠느냐?"

그 때부터 선은 아바마마에게 불경을 배우기 시작했다. 불경 공부는 어려웠지만 아바마마와 함께 하는 시간이 즐거웠다. 뿐만 아니라 불경을 공부하러 갈 때는 시종들이 따라오지 않았기 때문에 그 호젓함 또한 좋았다. 선이 그 시간만큼은 혼자 다니고 싶다고 간곡하게 청하여 아바마마의 허락을 받아 냈기 때문이다.

궁궐 곳곳에 병사들이 지키고 있고, 공부가 끝난 뒤에는 내전의 시종들이 월지궁까지 바래다 주면 되기 때문에 아바마마도 선선히 허락을 하셨으리라.

며칠 뒤에는 큰형도 선이 불경 공부를 한다는 사실을 알게 되었다. 큰형은 그 사실에 대해 별 말은 하지 않았으나 표정은 몹시 어두웠다. 선이 그랬듯이 큰형도 어떤 불길한 예감 같은 것을 느끼는 듯했다.

어쨌거나 아바마마에게서 불경을 배우면서부터 선은 아바마마와 한층 더 친해졌고, 아바마마에 대해서도 많이 알게 되었다. 아바마마가 왜 갑자기 저에게 불경을 가르치기 시작했는지도 어렴풋하게나마 알게 되었다.

아바마마는 이제 신라가 소생할 가망이 없다고 생각하고 있었다. 아니 아바마마뿐 아니라 어린 선까지도 신라는 망한 것이나 다름없다는 사실을 잘 알고 있었다.

신라 북쪽에는 강한 고려가 있고, 서남쪽에는 사나운 후백제가 버티고 있다. 신라의 영토는 줄어들 대로 줄어들어 겨우 서라벌과 그 일대의 땅만이 남아 있을 뿐이다.

영토만 줄어든 것이 아니라 백성들의 마음까지도 고려의 왕건에게 기울어져 있었다. 후백제의 견훤은 힘으로써 신라의 여러 지방과 그 땅에 사는 백성들을 정복하여, 사람들이 오직 두려워할 뿐이었지만 왕건은 달랐다. 힘으로 억누르기보다는 달래고 다독거려, 인심을 얻는 일에 힘썼다.

지난 8년 동안 많은 호족(지방의 세력가)들이 스스로 왕건에게 항복하여 고려의 신하가 되었다. 왕건은 그들에게 금은보화를 주어 표창하고 높은 벼슬을 내렸으며, 여전히 자신에게 맞서려는 호족에게도 선물을 보내 달랬다.

백성들에게는 세금을 면제해 주고 빚을 갚아 주었으며, 빚을 갚지 못해 노비가 된 사람을 찾아 내어 평민의 신분을 되찾게 해 주었다. 강성했던 신라가 이처럼 다 무너지게 된 것은 왕과 대신들이 사치와 방탕을 일삼고 높은 조세와 부역으로 백성들을 괴롭혔기 때문이라는 사실을 왕건은 잘 알고 있었다.

그리고 세력이 엇비슷한 후백제와는 어느 한쪽이 항복할 때까지 싸울 수밖에 없지만, 이미 망한 것이나 다름없는 신라와는 그럴 필요가 없었다. 그것은 다만 인심만 잃을 뿐이었다. 왕건이 신라와 화친을 맺은 것도 그 때문이었다.

그러나 신라의 왕들은 고려와 화친을 맺은 뒤에도 기울어 가는 나라를 일으켜 세우려는 노력을 거의 하지 않았다. 어떻게 해야 기울어 가는 나라를 되살릴 수 있는지 그 방법조차도 알지 못했다.

　8년 전 견훤이 서라벌로 쳐들어왔을 때도 그랬다.

　그 해 9월, 신라왕은 견훤이 서라벌에서 그리 멀지 않은 고울부(경상북도 영천시)까지 쳐들어왔다는 소식을 듣고 왕건에게 구원을 청했다. 왕건은 곧 용맹스러운 군사 1만 명을 보내 주었다.

　왕은 왕건의 그 군사들이 오기만을 기다리면서 한편으로는 하늘에 도움을 청하고자 했다. 그래서 11월 어느 날, 왕비와 궁녀들과 종친(임금의 친척)들을 거느리고 남산 기슭에 있는 이궁으로 갔다. 왕후와 종친들과 함께 이궁에서 신라의 무사함을 기원하는 제사를 드릴 참이었다.

　바로 그 날, 왕건이 보낸 군사들이 미처 도착하기도 전에 견훤의 군사가 먼저 서라벌에 도착했다. 관청, 민가 등을 가리지 않고 닥치는 대로 재물을 약탈한 다음, 견훤은 왕궁으로 들어갔다. 그 곳에서 왕을 찾지 못하자 견훤은 군사를 풀어 찾아오게 했다.

　견훤의 군사가 이궁 포석정에 들이닥친 것은 제사가 거의 끝나 갈 무렵이었다. 왕은 급한 김에 왕비와 함께 후궁에 들어가 숨었지만, 결국 견훤의 군사들에게 붙잡히고 말았다.

왕은 견훤 앞에 끌려나왔다. 견훤은 왕에게 자결하라고 명령했고, 어쩔 수 없이 왕은 스스로 목숨을 끊었다. 왕비와 종친들과 궁녀들도 모두 죽임을 당했다.

그런 다음 견훤은 새로 왕을 세워 나라일을 보게 하고는 그동안 빼앗은 많은 보물과 병기들을 가지고 후백제로 돌아갔다. 왕의 동생과 재상도 볼모로 붙잡아 갔다.

큰형이 말해 주었다.

"그건 우리 신라 왕실로서는 정말 수치스럽고 굴욕적인 일이었다. 허나 수치스런 일일수록 큰 교훈이 있는 법이다. 스스로의 힘으로 제 나라를 지키려 하지 않고 남의 힘에만 의지할 때 나라가 어떻게 되는지를 분명하게 가르쳐 주었으니까."

견훤이 돌아간 뒤, 새 왕이 된 아바마마가 죽은 왕의 시신을 서당(西堂)에 모셔 놓고 신하들과 더불어 통곡했다는 사실도 역시 큰형이 얘기해 주었다.

아바마마가 가슴이 터져라고 통곡하는 모습을 보며 큰형도 따라서 통곡했다고 한다.

그 뒤 아바마마는 죽은 왕의 시호를 경애왕으로 정하고 남산에 장례를 지냈는데, 그 때도 왕건은 사신을 보내 예를 표했다.

4년 전 봄에는 왕건이 50여 명의 말탄 병사를 거느리고 신라를 방문했다. 왕건 일행이 서라벌에 이르렀을 때, 아바마마는 신하들과 더불어 그 곳까지 나가 왕건을 맞이했고, 함께 왕궁으로 들어왔다. 왕건을 위해 임해전에서 잔치도 베풀었다.

그 때 열일곱 살이던 큰형도 그 잔치에 참석했다.

술이 취하자 아바마마는 왕건에게 지난 얘기를 하면서 눈물을 흘렸다.

"아무리 신라의 운이 다했다 하나 우리 신라가 어쩌다 이 지경에까지 이르렀는지 정말 모르겠소. 지난날 신라의 신하였던 견훤이 반란을 일으켜 늘 우리를 침략하고 괴롭히는 것만 해도 통탄할 일인데, 마침내는 왕성까지 쳐들어와 왕을 자결케 하지 않았소. 다 짐이 덕이 부족해서 이렇듯 기막히고 통분한 일을 당하게 되나 보오."

아바마마가 왕건에게 눈물을 보인 것은 그만큼 아바마마가 약해졌다는 뜻이었다. 다른 한편으로는 그만큼 왕건에게 의지하고 있다는 뜻이기도 했다.

아바마마가 눈물을 흘리자 신하들도 따라 울었다. 왕건도 함께 눈물을 흘리며 아바마마를 위로했다.

그 날 그 자리에서 울지 않은 사람은 큰형뿐이었다. 큰형은 아바마마처럼 왕건을 믿고 의지하지 않았고, 좋아하지도 않았다. 태자의 위엄을 잃지 않으면서 예를 갖추어 대할 뿐이었다.

확실히 큰형은 아바마마와는 달랐다. 아바마마가 여러 아들 중에서 큰형을 가장 사랑하는 것은 바로 그런 점 때문일 것이다. 아바마마에게는 없는 불꽃 같은 그 무엇이 큰형의 가슴에는 살아 있었다. 그 때문에 아바마마가 큰형에 대해 걱정하는 것도 사실이지만.

왕건은 나라의 귀한 손님으로서 극진한 대접을 받으며 수십 일을 머물다가 고려로 돌아갔다.

"우리에게는 견훤보다 왕건이 더 무서운 적이다."

왕건이 돌아간 뒤 어느 날, 큰형이 혼자말처럼 한 말이었다.

그 때 선은 어려서 그 말이 무슨 뜻인지 잘 몰랐는데, 요즘에서야 그 말뜻을 조금은 알 것 같았다.

왕건이 서라벌에 머물고 있을 때 부하들을 엄히 다스려 백성들에게 절대 폐를 끼치지 못하게 했는데, 백성들 사이에서는 그런 왕건에 대한 칭송이 자자했다.

"지난날 견훤이 쳐들어왔을 때는 이리떼와 호랑이를 만난 것 같더니 지금 왕공을 대하니 마치 부모를 만난 것 같군 그래. 왕공은 정말 하늘이 내신 어른이야."

왕건은 크게 힘들이지 않고 신라 백성들의 마음을 송두리째 빼앗아 버렸다. 빼앗긴 영토는 힘을 기르기만 하면 되찾을 수 있지만, 한 번 민심을 잃으면 죽을 힘을 다해도 되찾기가 힘든 법이다.

큰형이 왕건을 더 무서운 적이라고 말한 것은 그 때문이었다.

그런 왕건이 다스리는 고려, 고려는 이제 막 힘차게 솟아오르는 아침 해와 같은 나라였다.

반면에 신라는 서산을 넘어가는 해였다. 서산 마루에 해의 한 끄트머리가 겨우 걸려 있으나 그마저도 이내 서산 너머로 자취를 감추고 끝없는 어둠이 찾아올 것이다.

천 년을 이어 온 신라는 머지않아 나라의 문을 닫게 되고, 아바마마는 신라의 마지막 왕이 될 것이다.

비록 견훤이 씌워 준 왕관을 쓴 이름뿐인 왕이라고는 하나, 아바마마는 46대 문성왕의 6대 자손으로 내물왕계 왕족이었다. 천 년을 이어 온 나라와 조상들을 생각하면 아바마마의 마음은 한시도 편치 않으리라.

아마도 아바마마의 가슴 속에서는 선의 가슴 속에서 부는 바람과는 비교도 안 되는 사나운 된바람이 불고 있으리라. 모든 것이 덧없고 서글프기만 한 그런 바람이.

아바마마가 선에게 불경을 가르치면서 부처님 말씀에 마음을 의지하려는 것은 가슴 속에서 무섭게 불어 대는 그 바람을 잠재우기 위해서일 거라고 선은 짐작하고 있었다.

내전 뜰에 있는 은행나무에서 이파리 하나가 나비처럼 팔랑 날아 선의 발 앞에 사뿐 내려앉았다. 어느 새 내전에 다 온 것이다.

'은행나무는 태자 형님께서 무척 좋아하는 나무인데…….'

선이 무심결에 그런 생각을 하며 막 안으로 들어가려 할 때였다. 안에서 집사성 시랑 김봉휴가 나왔다.

집사성은 나라의 기밀과 일반 행정을 맡아 보는 관청으로 왕이 직접 다스리는 곳이다. 집사성의 가장 높은 벼슬은 시중이고 시랑은 그 다음 버금 벼슬이다.

그런데 아바마마는 조원전이나 평의전에 나가서 나라일을 보시기 때문에 시랑이 내전까지 온다는 것은 무언가 특별한 일이 있다는 것을 뜻했다.

선은 어쩐지 그 일이 큰형과 상관 있는 일이 아닐까 하는 생각이 들었다.

"왕자마마, 공부하러 오십니까?"

시랑이 인사했다. 선이 답례로 고개를 끄덕였다.

"어서 들어가 보세요. 폐하께서 기다리고 계십니다."

선은 안으로 들어갔다. 아바마마는 여느 때와 다름없는 온화한 미소로 선을 맞아 주었다.

곧 공부가 시작되었다. 한문으로 씌어진 불경을 선이 읽고 해석하면 아바마마가 그 뜻을 자세하게 설명해 주었다.

원래 불경은 그 뜻이 깊어서 선이 알아듣기가 쉽지 않았지만 오늘은 시랑이 왜 왔을까 하는 궁금증이 머릿속에 가득 차 있어서 다른 날보다 이해하기가 더 어려웠다.

그래도 선은 정신을 집중하여 열심히 공부하려 애썼다.

이윽고 공부가 끝이 났다. 노루 꼬리만 한 가을 해가 어느 새 진 모양인지 방 안엔 어둠이 깃들여 있었다. 궁녀가 들어와 촛불을 켰다. 어둠이 방구석 쪽으로 물러났다.

불경 공부를 한 날은 거의 아바마마와 함께 저녁 식사를 했다. 식사 때까지는 시간이 있었으므로 선은 아바마마에게 시랑이 왜 왔는지 물어 보리라 마음먹었다.

선이 막 말을 꺼내려는데 아바마마가 먼저 물었다.

"오늘은 네 마음이 다른 데 가 있는 것 같구나. 벌써 불경 공부에 싫증이 난 게냐?"

"아, 아닙니다, 아바마마. 다만 시랑이 왜 아바마마를 뵈러 왔는지 궁금하여……."

"임금이 신하를 만나는 거야 늘 있는 일이 아니더냐. 그게 뭐가 그리 궁금하단 말이냐?"

"아바마마, 소자 열세 살이옵니다. 결코 어리지 않사옵니다."

큰형처럼 아바마마도 저를 어린아이로만 여기고 아무 말도 해 주지 않으려는 것 같아 선은 서운했다. 아바마마가 빙긋 웃었다.

"허면 네가 어른이란 말이냐?"

"저도 알고 싶습니다, 아바마마. 시랑이 아바마마를 뵈러 온 건 태자 형님 때문이지요? 그렇지요?"

"선아, 저녁을 먹을 때까지 아비하고 바둑이나 두자. 너하고 바둑을 둔 지도 꽤 오래 된 것 같구나. 그 동안 네 바둑 실력이 얼마나 늘었는지 한번 해 보자."

선은 더 이상 아바마마를 조를 수 없었다. 졸라도 아무 소용이 없다는 것을 잘 알고 있기 때문이다.

선은 아바마마와 바둑을 한 판 둔 다음, 저녁을 먹었다. 그런 다음 아바마마를 따라 어마마마의 처소로 가서 저녁 인사를 드렸다.

이윽고 선이 월지궁으로 돌아가려 하자, 선을 늘 바래다 주는 두 궁녀가 등불을 밝혀 들고 선을 따라 나섰다.

밤 하늘에는 구름 한 점 없었다. 그 하늘 한가운데 황금빛 반달이 물에서 막 건져 올린 듯 해맑게 빛나고 있었다. 반달이지만 달빛이 제법 밝아 발길을 밝혀 주는 등불이 없어도 돌부리에 걸리는 일 없이 잘 갈 수 있을 것 같았다.

언젠가 큰형이 말해 주었다. 반달은 희망의 달이라고. 반달은 점점 커져 그 빛으로 온 누리를 환하게 비추는 둥근 보름달이 된다고.

신라의 왕궁을 반월성이라고 이름 붙인 것은 그 땅 모양이 반달처럼 생겼기 때문이기도 하지만, 또 한편으로는 자꾸자꾸 발전하여 온 누리를 빛으로 가득 차게 하는 보름달 같은 나라가 되라는 뜻에서도 그렇게 지었다고 했다.

하지만 보름달이 되면 그 다음부터 달은 기울기 시작한다. 그리하여 마침내 달도 없는 캄캄한 그믐밤이 온다.

생각이 그에 이르자 선은 갑자기 마음이 무거워졌다.

월상루에 올라가 달을 가까이서 보면 마음이 밝아질지도 모른다.

"월상루에 올라가서 달 구경하고 가자."

"예, 왕자마마."

월상루는 반월성 동쪽 끝 언덕에 있는 큰 누각이다. 월상루에 오르자 달이 손에 잡힐 듯 가까이 보이고 서라벌 거리도 한눈에 내려다보였다. 달빛에 싸여 서라벌 거리는 꿈결처럼 아득했다.

선은 큰형과 함께 월상루에 올라 달 구경을 한 적이 여러 번 있었다. 큰형은 그 때마다 신라 역사에 대해 여러 가지 이야기를 들려 주었다.

49대 임금인 헌강왕 때 얘기가 문득 생각났다.

어느 해 가을에 헌강왕이 신하들과 더불어 월상루에 올라 사방을 바라보았는데, 그 때 서라벌 거리에는 기와집들이 즐비하고 풍악 소리가 끊이지 않았다. 또한 사람들은 모두 나무가 아닌 숯으로 밥을 지어 먹었다.

그 때의 그 기와집들은 지금도 즐비하게 늘어서 있고, 지금도 많은 집에서는 숯으로 밥을 지어 먹을 테지만 그 때의 풍악 소리만큼은 그친 지 이미 오래 되었다.

그러나 헌강왕 때도 신라는 겉으로만 풍악 소리가 울리고 있었을 뿐, 속으로는 허물어져 가고 있었다. 36대 임금인 혜공왕 때부터 이미 신라는 흔들리기 시작했으니까.

혜공왕은 여덟 살의 어린 나이로 왕이 되었는데, 그 때 세력이 한껏 커져 있던 진골 대신들이 왕위를 노려 반란을 일으켰다. 그 반란이 성공한 이후 왕위를 둘러싼 어지러운 권력 다툼이 끊이지 않았다.

"신라가 삼국을 통일한 이래로 평화가 계속되어 나라는 발전하고 부유해졌지만, 대신 왕과 대신들이 사치에 빠지고 기강이 해이해져 결국 그런 권력 다툼이 일어나게 된 것이다."

그 권력 다툼으로 나라 안은 어지러워지고, 백성들의 살림

살이는 매우 어려워졌다.

그런데도 왕들은 여전히 사치를 일삼았고, 백성들에게 더 많은 세금을 거두어들였다. 진골 세도가는 세도가대로 백성들의 재물을 빼앗으니, 나라가 하루도 편치 않았다.

백성들은 살기가 어려워지자 세도가들의 노비가 되거나 도적이 되었고, 마침내는 나라 안 곳곳에서 반란이 일어났다.

반란을 일으킨 무리 중에서 가장 세력이 큰 견훤은 원래 나라를 지키는 장수였다. 그는 남해에서 큰 공을 세워 비장(裨將)이 되었는데, 나라 안이 어지러워지자 신하의 도리를 저버리고 반란을 일으켰다.

그는 먼저 신라 서남쪽의 주와 현을 공격하여 그 땅을 빼앗고 마침내는 무진주(광주광역시)까지 빼앗은 다음 스스로 왕이 되었다. 무진주가 옛 백제 땅이었으므로 나라 이름을 '후백제'라고 하였다.

그러나 그는 감히 스스로 왕이라고 일컫지는 못하였고, 신라에서도 그를 왕으로 인정하지 않았다. 백성들조차 그를 반역자라 생각하는 사람이 더 많았다.

그 다음에는 궁예가 반란을 일으켜 스스로 왕이 되었다. 궁예는 헌안왕의 서자라고도 하고 경문왕의 서자라고도 하였는데, 어쨌든 신라 왕실에서 버림받은 왕자였다. 그 때문에 궁예는 신라에 대한 복수심에 불타고 있었다.

궁예는 옛 고구려 땅을 대부분 차지하고 나라 이름을 '후고구려'라 하였다. 몇 년 뒤에는 나라 이름을 태봉으로 고쳤다.

그는 신라를 몹시 미워하여 왕위에 오르자마자 신라가 쓰던 땅 이름과 관리들의 직책 이름을 모두 바꾸어 버렸다. 홍주(영주) 부석사에 가서는 벽에 그린 신라왕의 초상을 보고 칼을 빼어 치기도 했다. 신라를 반드시 멸망시키겠다고 벼르면서 신라에서 오는 사람들을 모두 죽이기까지 했다.

그러나 궁예는 지나치게 잔인하여 인심을 잃었고, 결국 부하인 왕건에게 쫓겨나 죽임을 당하고 말았다.

궁예의 뒤를 이어 왕이 된 왕건은 나라 이름을 '고려'로 고치고, 궁예가 바꾼 땅 이름과 관직 이름을 예전대로 고쳤다. 신라와는 화친을 맺었고, 견훤이 군사를 내어 신라를 칠 때면 군사를 보내 신라를 도와 주었다.

신라도 그런 왕건만큼은 왕으로 인정했고, 고려도 한 나라로 인정했다.

결국 나라는 다시 예전처럼 셋으로 갈라졌다. 그 중에서 특히 강한 나라는 견훤의 후백제였지만, 신라는 후백제를 한 나라로 인정하지 않았다.

반면 왕건의 고려는 분명 신라와 대등한 한 나라였고, 장래가 가장 밝은 나라였다.

선에게 이런 얘기들을 자세하게 들려 준 사람은 큰형이었다. 박사들은 신라가 삼국을 통일할 무렵과 그 이후의 자랑스러운 역사에 대해서는 자세하게 가르쳐 주었지만, 어지러운 역사에 대해서는 간단하게 말해 줄 뿐이었다.

그러나 큰형은 달랐다.

"역사는 거울과 같다. 잘못된 역사일수록 더 밝게 비추어 보아야 한다. 그 잘못을 교훈 삼아 두 번 다시 그런 잘못을 되풀이하지 않기 위해서."

큰형의 그 말이 귓가에 쟁쟁하게 되살아나는 것 같았다. 큰형에게서 그 말을 듣던 그 때가 그리웠다. 그 때 큰형은 자신이 알고 있는 모든 것을 선에게 자상하게 이야기해 주었다.

그런 큰형이 무엇 때문에 제게서 이렇게 멀어진 것인지 정말 알 수 없는 일이었다. 대체 무엇이 큰형의 마음을 송두리째 빼앗아 간 것일까.

가슴 속으로 또다시 높하늬바람이 불어 왔다. 온몸에 싸늘하게 한기가 느껴지는 것은 소매 속으로 파고드는 밤바람 때문이 아니라 바로 가슴 속의 그 바람 때문이리라.

선은 달을 쳐다보았다. 머리 위로 남빛 바다처럼 펼쳐져 있는 밤 하늘에 황금빛 쪽배 같은 반달이 고즈넉하게 떠 있었다.

큰형이 변했듯이 저 달도 차츰 부풀어올라 곧 구리 거울처럼 동그래지고, 다시 이울기 시작하여 눈썹 모양이 되었다가 마침내는 달도 없는 그믐밤이 오리라.

저 반달이 그냥 반달 그대로 있었으면 싶었다. 그 무엇이든 달라진다는 것은 슬픈 일이니까.

문득 큰형이 돌아와 있을지도 모른다는 생각이 들자 선은 어서 월지궁으로 돌아가고 싶어졌다.

"그만 내려가자."

선은 월상루를 내려와 월지궁을 향해 걸음을 옮겼다.

밤 하늘의 달이 서쪽으로 천천히, 아주 천천히 흘러가고 있었다.

임금은 아비시고

 하늘거리던 촛불이 심지를 잘라 주자 불꽃이 되살아나며 기세 좋게 타기 시작했다.
 방 안은 밝고 따뜻하고 아늑했다. 게다가 은은한 차 향기까지 감돌고 있다.
 선은 큰형과 마주 앉아 차를 마셨다. 차대사 상덕도 함께 있다. 오랜만에 큰형과 함께 하는 시간이다.
 오늘 큰형은 궐 밖으로 나가지 않았다. 오전에 선이 공부하러 갈 때 큰형은 궁 안에 있었다. 오후에 선은 큰형이 아직도 궁 안에 있는지 궁금하여 동궁전으로 가 보았다. 슬그머니 방을 엿보니 큰형은 책을 읽고 있었다.
 "왜 안으로 들어가지 않으셔요? 태자전하 안에 계시어요."

동궁전에서 일하는 궁녀가 방 앞에서 기웃대는 선을 보고 말했다.

"아, 아냐. 그 그냥 태자전하께서 계신지 그것만 알아 보려고 왔어."

선은 허둥대며 말하고는 제 처소로 돌아왔다. 큰형을 방해하고 싶지 않았다. 큰형은 분명 신라의 역사를 기록한 책을 읽고 있으리라.

이즈음 큰형은 역사책을 자주 읽었다. 그 책에는 신라의 첫 임금인 박혁거세 거서간에서부터 최근의 경애왕에 이르는 신라의 역사가 상세하게 기록되어 있었다. 역대 임금들뿐 아니라 재상, 장수, 백성들에 대한 이야기까지, 잘한 일뿐 아니라 잘못한 일까지도 낱낱이 다 기록되어 있었다.

아마도 큰형은 신라가 삼국을 통일할 무렵의 역사를 읽고 있었을 것이다. 그 무렵에는 임금과 신하, 백성들이 모두 한 마음이 되어 신라를 크고 강한 나라로 만들기 위해 노력했다. 나라를 위해서라면 목숨을 바치는 것도 아깝지 않았다. 특히 화랑들이 그러했다.

화랑은 신라에만 있는 독특한 제도로서, 24대 임금인 진흥왕 때부터 크게 발전하였다. 화랑은 대부분 진골 소년 중에서 얼굴이 아름답고 덕행이 있는 소년을 뽑아 화랑으로 삼고 그 아래 많은 낭도들을 거느리게 하였다.

이러한 화랑과 낭도들을 가르치고 이끌어 주는 스승을 화주(花主)라 했는데, 화주는 주로 덕이 높은 스님이나 무예가 뛰어난 장수가 맡았다. 화랑과 그 낭도들은 화주에게서 무예와 도의를 배웠으며, 아름다운 자연을 두루 찾아다니면서 몸과 마음을 닦고 국토와 나라를 사랑하는 마음을 길렀다.

그 화랑 정신의 뿌리가 된 것은 신라 고유의 깊고 오묘한 선도(仙道)라고 했다. 화랑을 국선(國仙)이라고 부르는 것도 그 때문이었다.

삼국을 통일할 때 화랑들은 그 정신에 따라 싸움터에 나아가 나라를 위해 기쁘게 목숨을 바쳤으며, 평상시에도 의롭지 않은 일에는 절대로 굽히지 않는 높은 기상으로 살았다.

그래서 화랑들 가운데 뛰어난 장수와 지혜로운 재상이 많이 나왔는데, 삼국 통일에 큰 공을 세운 김유신 장군과 김흠춘, 죽지 등은 모두 화랑 출신이었다.

삼국 중에서 가장 약했던 신라가 삼국을 통일하고 큰 나라가 될 수 있었던 것은, 바로 이러한 화랑들의 불꽃 같은 정신이 있었기 때문이다.

삼국을 통일한 뒤, 오랫동안 평화가 계속되자 화랑들의 기상이나 세력도 많이 약해졌다. 그러다가 나라가 어지러워지면서 다시 화랑들의 활약이 두드러지기 시작했다. 반란 세력을 무찌르는 데에 앞장 섰으며 나라일에도 적극적으로 참여했다.

48대 경문왕은 화랑 출신으로 왕이 되었다. 화랑이 임금의 자리에까지 오른 것은 경문왕이 처음이었다.

선의 할아버지 효종랑 또한 유명한 화랑이었는데, 나중에는 최고 벼슬인 시중의 자리에까지 올랐고, 52대 효공왕이 아들이 없이 돌아가자 많은 사람들이 다음 왕으로 할아버지를 추대하기도 했다.

이렇듯 화랑은 최근까지도 많은 활약을 해 왔지만, 화랑 정신이 가장 아름답게 빛난 때는 신라가 삼국을 통일할 그 무렵이었다.

어쩌면 큰형은 그 무렵 화랑들의 이야기를 읽으면서 삼국을 통일할 무렵의 활기차던 신라를 그리워하고 있는지도 모른다.

"아까 낮에 내 방 앞까지 왔다면서? 왜 들어오지 않고 그냥 갔니?"

오랜만에 함께 저녁을 먹으면서 큰형이 물었다.

"방해가 될까 봐요."

선은 눈길을 아래로 떨군 채 간단하게 대답했다. 큰형을 마주 보았다가는 큰형에 대한 서운한 마음을 저도 모르게 다 털어놓을 것만 같아 겁이 났다. 정말이지 어린아이처럼 그런 투정은 부리고 싶지 않았다.

"그랬구나."

큰형도 더 이상 캐묻지 않았다.

저녁 식사가 끝난 뒤, 선은 큰형과 함께 반월성으로 가서 아바마마와 어마마마를 뵙고 왔다. 월지궁으로 돌아와 선이 제 처소로 가려 하자 큰형이 문득 생각난 듯 말했다.

"내 방에 가서 함께 차를 마시지 않겠니?"

큰형은 차를 좋아했다. 큰형이 좋아하는 것이니까 선도 차를 좋아했다. 더욱이 큰형과 함께 마시는 차는 그 어떤 꽃 향기보다 더 향긋했다.

선은 너무나 기뻐 펄쩍 뛰고 싶었지만 잠자코 고개만 끄덕였다. 다른 사람 앞에서도 그렇지만 특히 큰형 앞에서는 어린아이와 같은 짓은 죽어도 하고 싶지 않았다.

오랜만에 선은 큰형과 마주 앉았다. 큰형이 궁녀에게 차를 달여 내오라고 이르고 상덕도 불렀다.

얼마 뒤 궁녀가 달인 차를 내왔다. 차 주전자와 찻잔과 찻잔 받침을 탁자 위에 내려놓고는 금동 가위로 초의 심지를 자른 뒤 궁녀는 조용히 방을 나갔다.

엷은 차 향기가 방 안 가득 퍼졌다. 살랑거리는 불꽃에서도 차 향내가 날 것만 같았다.

선은 차를 한 모금 마셨다. 차 향내가 입 안을 상쾌하게 하더니 그 상쾌함이 온몸으로 퍼져 나가는 것 같았다.

큰형은 늘 말했다. 차는 정신을 맑게 해 준다고. 정말 머릿속까지 개운해지는 것 같았다.

큰형과 상덕도 말없이 천천히 차를 마셨다.

"불경 공부는 잘 되니?"

큰형이 물었다.

"예. 잘 되기는 하는데 어려워요. 아바마마께서 그 뜻을 잘 가르쳐 주시지만 알 것도 같고 모를 것도 같고······."

"그래, 아직은 어려울 게다. 하지만 꾸준히 하다 보면 어느 날엔가는 불경의 깊은 뜻을 알게 될 거다."

"태자전하께서도 불경을 좋아하셔요? 불경은 통 안 읽으시잖아요."

"가끔은 나도 불경을 읽는다. 부처님 말씀을 좋아하니까. 하지만 나는 부처님 말씀보다는 하늘과 땅, 나무와 꽃, 바람과 달, 쉼없이 흘러가는 강물을 더 사랑한다. 무엇보다 신라를 가장 사랑한다. 병이 들어 목숨이 경각에 달린 가엾은 어머니 같아서 더더욱 신라를 사랑한다."

선은 갑자기 심통이 났다. 큰형의 마음을 송두리째 빼앗아 간 것은 바로 신라였다. 큰형은 막내아우인 저보다도 신라를 훨씬 더 사랑한다고 했다.

하지만 신라, 신라는 다만 하나의 이름일 뿐이다.

백성들은 나라 이름이 무엇이든, 누가 임금이 되든 상관없이 백성들을 배불리 먹여 주고 평화롭게 살게만 해 준다면 다 되는 것이라고 했다.

그런 신라를 큰형은 이 세상 누구보다도 사랑한다고 말하는 것이다.

어제 아바마마에게서 배운 불경의 한 구절이 퍼뜩 머리를 스쳐 갔다.

"태자전하, 신라가 대체 무엇이옵니까? 신라는 다만 하나의 이름일 뿐이옵니다. 무릇 그 이름이란 있는 것이기도 하고 없는 것이기도 하옵니다. 있는 것이기도 하고 없는 것이기도 한 것을 사랑하는 것은 허망하기 짝이 없는 일이라고 부처님께서 말씀하셨습니다."

사실 선은 지금 제가 무슨 말을 하고 있는지도 잘 모르고 있다. 그 뜻도 자세히 모르면서 다만 너무나 약이 올라, 불경 말씀을 흉내내어 말해 본 것뿐이다.

큰형은 뜻밖이라는 듯 선을 잠시 바라보더니 갑자기 소리내어 웃기 시작했다. 뭐가 그리도 재미있는지 한참을 웃었다. 이윽고 큰형이 웃음을 멈추고 말했다.

"난 네가 무슨 말을 하는 건지 도무지 알아들을 수가 없구나. 너도 네가 한 말이 무슨 뜻인지 잘 모르고 했을 것 같은데, 아니니?"

선은 얼굴이 화끈 달아오르는 것을 느꼈다. 큰형 앞에서 절대 어린아이처럼 굴지 않겠다고 스스로 맹세했는데, 저도 모르게 바보 같은 말을 해 버린 것이다.

선은 쥐구멍이라도 있으면 숨고 싶을 만큼 부끄러워서 고개를 숙이고 찻잔만 만지작거렸다.

"선아, 고개를 들고 날 좀 봐라."

큰형이 부드럽게 말했다. 선이 고개를 들었다.

"너, 나한테 불만이 많은 게로구나. 그렇지?"

선이 그 누구보다도 큰형을 좋아하는 것은 바로 큰형의 이런 점 때문일지도 모른다. 다른 형들은 물론이고 아바마마와 어마마마는 선이 무슨 말을 하면 그 말만 그대로 들을 뿐이었다. 그러나 큰형은 말 뒤편에 숨어 있는 마음을 헤아렸다.

선은 까닭 없이 눈물이 솟구치려 해서 얼른 큰형의 물음에 대답할 수 없었다.

"다 말해 보려무나. 내게 하고 싶은 말, 네 가슴 속에 있는 말을 모두 다."

나지막하면서도 부드러운 큰형의 말에 선은 마음이 차분하게 가라앉는 것을 느꼈다. 큰형한테 솔직하게 제 마음을 이야기하고 싶었다.

"예전에 태자전하께서는 제게 말타기며 칼쓰는 법을 가르쳐 주시고, 여러 가지 좋은 이야기도 많이 해 주셨습니다. 하지만 요즘은 절 어린아이로만 취급하시고 숫제 상대도 해 주지 않으시잖아요. 그래서 태자전하의 상대가 될 만큼 컸다는 것을 보여 드리기 위해 뜻도 잘 모르는 말을 해 보았습니다."

큰형이 빙긋 웃으며 선을 다정하게 바라보았다.

"그 동안 내가 너에게 너무 무심했구나. 머릿속이 너무 복잡해서 네게 마음 쓸 겨를이 없었다. 허나 너를 사랑하는 내 마음에는 아무 변함이 없다. 이런 어수선한 때만 아니라면, 나는 지금보다 훨씬 좋은 아들, 좋은 형이 될 수도 있을 터인데……."

큰형의 얼굴에 언뜻 그늘이 스쳐 갔다. 순간 선은 괜히 쓸데없는 말을 하여 큰형을 괴롭힌 것만 같아 미안한 생각이 들었다.

"아니어요, 태자전하. 태자전하께서는 이 세상 어느 형보다 좋은 형님이셔요. 아바마마께서도 태자전하를 아주 좋은 아들이라고 생각하고 계셔요. 제가 알아요."

그러나 큰형은 아무 대답도 없이 일렁이는 촛불만 바라보았다. 한동안 방 안은 고요했다. 이따금 먼 산에서 들려 오는 밤

새 우는 소리만이 그 고요함을 깨뜨릴 뿐이었다.

"오늘이 며칠인가?"

큰형이 남은 차를 마시면서 문득 상덕에게 물었다.

"열사흔 날입니다, 태자전하."

"열사흔 날이라……. 달이 아주 좋을 때구나. 선아, 우리 바깥에 나가서 산책이나 하자. 오랜만에 달못에 어린 환한 달빛을 보고 싶구나."

큰형이 자리에서 일어나며 말했다. 선도 따라 일어나 바깥으로 나왔다.

보름에 가까운 열사흔 날 달이 하늘 한복판에서 휘황한 빛을 사방에 뿌리고 있었다. 달못에 달이 어려 물 속에서도 노란 달빛이 우러나오는 것만 같았다.

선은 큰형과 함께 달못 갓길을 천천히, 아무 말 없이 걸었다. 상덕은 조금 떨어져서 일정한 간격을 유지한 채 뒤따르고 있었다.

월지궁 곳곳에서 궁궐을 지키는 병사들이 큰형과 선을 볼 때마다 깍듯하게 인사했고, 큰형은 부드러운 얼굴로 병사들의 인사를 받았다.

이윽고 전각이 있는 서쪽 갓길이 끝나고, 정원이 펼쳐진 북쪽 갓길로 접어들었다.

큰형은 다른 날보다 한층 더 천천히 그 갓길을 걸었다. 달이 어린 달못과 어느 곳으로 뻗어 있는지 알 길 없는 구불구불한 갓길과 그 길 옆의 나무들을 마치 처음 보는 것처럼 자세히 보고 또 보면서.

이윽고 큰형이 못가의 바위 앞에서 멈추어 섰다.

"여기서 잠시 쉬었다 가자."

큰형이 큰 바위에 앉았다. 선도 그 바위 가까이에 있는 작은 바위에 앉았다.

큰형은 한동안 달못을 하염없이 바라보고만 있었다.

아니, 선이 자세히 보니 바위 앞 못가에 심어져 있는 나무를 유심히 바라보고 있었다.

그것은 무궁화였다. 이제 꽃은 다 지고 잎도 누렇게 시들어 가고 있지만, 여름부터 가을까지 쉬지 않고 아름다운 꽃이 피는 무궁화는 신라 사람 모두가 아끼고 사랑하는 나무였다. 그래서 신라 땅 방방곡곡에 무궁화를 심었고, 다른 나라에 보내는 문서에 신라라는 나라 이름 대신 근화향(槿花鄕, 무궁화의 고장)이라고 쓰기도 했다.

큰형은 무궁화만 피면 홀린 듯 그 꽃을 바라보곤 했는데, 보랏빛 꽃도 사랑하지만 하얀 꽃을 더욱 사랑했다.

큰형은 무궁화의 흰빛을 보면 토함산에서 힘차게 솟아오르는 아침 해가 생각난다고 했다. 그 눈부신 흰빛 한가운데 어려 있는 선명한 붉은빛이 결코 변하지 않는 곧은 마음, 일편단심 같아서 좋다고 했다.

"무궁화는 아침에 피고 저녁이면 진다. 세상에 태어난 것은 다 사라지고 만다는 진리를 짧은 하루 사이에 다 보여 주니, 아주 지혜로운 꽃이라 할 수 있지. 그러면서도 무수한 꽃봉오리에서 쉴새없이 꽃이 피어 언제나 아름다운 모습을 보여 준다. 자기 자신을 진정으로 사랑할 줄 아는, 자존심 강한 나무인 셈이지. 그, 자존심과 강인함, 그 꼿꼿함을 나는 사랑한다."

선은 바위에 앉아 이윽히 나무를 들여다보는 큰형을 보며 언젠가 큰형이 해 준 그 말을 떠올렸다.

큰형은 마치 돌이라도 된 듯 꼼짝도 않고 무궁화만 바라보았다. 너무 오래 무궁화만 들여다보고 있어서 조금은 지루해진 선이 조심스레 말을 꺼냈다.

"태자전하, 무궁화를 왜 그리 오래도록 보고 계시는지요?"

"무궁화한테 중요한 일 한 가지를 물어 보았다."

큰형이 달빛이 밴 듯한 목소리로 대답했다.

"나무가 사람 말을 알아듣나요……?"

선은 저도 모르게 그렇게 되묻다가 얼른 입을 다물었다. 바보 같은 말을 했다는 생각이 들었던 것이다. 선은 조금 전에 했던 말을 지워 버리듯 다시 물었다.

"무얼 물어 보셨어요, 무궁화한테?"

"내년에 내가 이 나무에 아름다운 꽃이 피는 걸 다시 볼 수 있을는지 물어 보았다."

"나무가 무어라고 대답했는데요?"

선은 문득 큰형이 왜 나무에게 그런 걸 물어 보았을까 궁금해져 또 물었다. 큰형은 대답 대신 선에게 되물었다.

"나무가 무어라고 대답했을 것 같으니? 아니, 무어라고 대답했으면 좋겠니?"

"내년에도 당연히 무궁화를 볼 수 있을 거라고 대답했으면 좋겠어요. 아니 분명 그렇게 대답했을 거여요. 내년뿐 아니라 그 다음 해에도 또 그 다음 해에도 언제까지나 해마다 무궁화는 피어날 거고, 태자전하께서는 그 꽃을 계속 볼 수 있을 거라고 대답했을 거여요. 제 말이 맞지요?"

그러나 큰형은 선의 질문에는 대답하지 않고, 바위에서 일어났다. 선도 따라 일어나면서 큰형이 왜 대답해 주지 않는 것인지 곰곰 생각해 보았다.

그건 어쩌면 나무의 대답을 듣지 못했기 때문인지도 모르고, 아니면 언짢은 대답을 들었기 때문인지도 모른다. 그 둘 중 어느 쪽일까 궁리하다가 선은 나무의 대답을 듣지 못했기 때문이라고 생각하기로 했다. 큰형이 나무에게서 어떤 좋지 않은 대답을 들었다고는 생각하고 싶지 않았다.

큰형은 다시 주위 풍경을 하나하나 바라보면서 산책을 계속했다.

그런데 오늘 밤 큰형은 달못 갓길을 산책할 때마다 느끼곤 한다는 그 행복한 기분에 빠져드는 것 같지 않았다.

선은 산책을 하면서 이따금 큰형을 쳐다보곤 했는데, 웬일인지 밝은 달빛 아래서 큰형의 얼굴이 전에 없이 어두워 보였다.

그러나 선은 크게 마음 쓰지 않았다. 오랜만에 큰형과 함께 달못가를 산책하는 것만으로도 너무 기뻐 다른 일은 생각하고 싶지 않았다.

이윽고 정원이 있는 북쪽과 동쪽 달못가를 다 산책하고, 달못의 물이 흘러드는 동남쪽 수입구(水入口) 쪽에 이르렀을 때였다.

선은 못 가장자리에 떠 있는 놀잇배를 보았다. 달못에서 뱃놀이할 때 타는 작은 통나무배였다.

선은 큰형과 함께 몇 번인가 달밤에 그 배를 타고 뱃놀이를 한 적이 있었다. 시종들이 노를 젓고 선과 큰형은 마주 앉아 이런저런 이야기를 나누며 뱃놀이를 했다. 이 세상에 달밤의 뱃놀이보다 재미있고 아름다운 놀이는 다시 없으리라.

놀잇배는 달빛을 가득 싣고 못 가장자리에 둥 떠 있었다. 배는 밧줄로 묶여 있고, 그 밧줄은 갓길 바위에 감겨 있었다. 저 배도 물 위를 떠다니고 싶으리라.

"태자전하, 배를 타고 달못을 한 바퀴 돌고 싶어요."

선이 어리광 섞인 목소리로 큰형에게 말했다. 큰형이 선선히 고개를 끄덕이더니 뒤따라온 상덕에게 물었다.

"차대사, 노를 좀 저어 주겠나?"

"예, 태자전하."

차대사 상덕이 얼른 밧줄을 풀고 물에 배를 띄웠다. 큰형과 선이 그 배에 올라탔다.

상덕이 노를 젓자 배는 달못 위를 천천히 떠 가기 시작했다. 물 위에 휘황한 달빛과 별빛이 어려 있어 놀잇배가 마치 밤 하늘의 은하를 헤쳐 나가는 것 같았다.

밤 바람은 차가웠으나 마음이 훈훈한 때문인지 선은 오히려 그 바람이 부드럽게 느껴졌다. 달빛이 눈부시게 아름다워, 영원히 깨고 싶지 않은 꿈을 꾸고 있는 듯한 느낌마저 들었다.

사방은 고요하고 노 젓는 소리만이 귓가를 스쳐 갔다.

"태자전하, 지금 무슨 생각을 하셔요?"

달빛 어린 못을 바라보는 큰형의 모습이 깊은 생각에 잠긴 것처럼 보여 선이 물어 보았다.

"먼 훗날, 아주 먼 훗날, 달못이 우리를 기억해 줄까, 하는 생각을 했다."

"달못한테 우리 사람 같은 마음이 있다면 분명 태자전하를 기억할 거여요."

달빛에 취한 것인지, 대답이 절로 흘러 나왔다. 큰형이 희미하게 미소지었다.

"달못이 나를 기억하기보다 내 꿈을 기억해 주었으면 더 좋겠구나."

"태자전하의 꿈이 무엇인데요?"

아마도 큰형의 꿈은 신라가 예전처럼 크고 강한 나라가 되는 것일 거라고 짐작하면서 선은 물었다.

"너부터 말해 보아라. 네 꿈이 무엇인지."

"제 꿈은 별거 없어요. 그냥 아바마마와 어마마마, 태자전하와 형님들과 언제까지나 이 곳에서 함께 살았으면 하는 거여요."

큰형은 아무 말 없이 다시 달못을 바라보았다. 그 얼굴에 어쩐지 쓸쓸한 그늘이 내린 것 같았다. 선은 그런 느낌이 싫어 짐짓 쾌활한 목소리로 말했다.

"이제 말씀해 주셔요. 태자전하의 꿈이 무엇인지."

"내 꿈은 화랑이다."

선은 큰형의 대답이 뜻밖이어서 잠시 생각해 보았다. 화랑이 꿈이라는 큰형의 말은 무슨 뜻일까?

선의 머리에 언뜻 이름난 화랑이었던 할아버지 효종랑이 떠올랐다. 그리고 할아버지가 지은이라는 효녀를 구해 준 아름다운 이야기도.

그것은 진성여왕 때의 일이었다. 분황사 동쪽 한기부 마을에 지은이라는 처녀가 눈먼 어머니를 모시고 살고 있었다. 어려서 아버지를 여읜 지은은 철이 들면서부터 남의 집 일을 하거나 밥을 빌어 어머니를 봉양했다. 나이가 들어서도 시집을 가지 않고 지극한 정성으로 어머니를 봉양하여 마을에서 효녀로 이름이 높았다.

어느 해 몹시 흉년이 들었다. 모두가 어려운 때라 남의 집에서 밥을 빌기도 어렵고, 일을 하려고 해도 큰 부잣집이어야만 일거리가 있었다.

하는 수 없이 지은은 부잣집을 찾아가 스스로 그 집 종이 되기로 하고 곡식 삼십 석을 받았다. 그리고 하루 종일 그 집에 가서 일하다가 해가 지면 쌀을 가지고 와서 어머니에게 밥을 지어 드리고 새벽이면 다시 주인집으로 갔다. 그렇게 여러 날이 지났다.

어느 날 눈먼 어머니가 딸에게 말했다.

"예전에는 거친 밥을 먹어도 그 맛이 달았는데, 요즘은 맛있는 쌀밥인데도 그 맛이 전만 못하고 마치 가시로 심장을 찌르는 듯하니 어찌된 일인지 모르겠구나."

지은은 하는 수 없이 부잣집 종이 된 일을 이야기하였다. 어머니가 소리 높여 울었다.

"나 때문에 네가 종이 되었으니 내가 빨리 죽는 것만 못하구나."

지은은 그제야 어머니를 위해 한 일이 오히려 어머니의 마음을 편치 못하게 했음을 깨닫고는 어머니와 함께 목놓아 울었다.

마침 효종랑의 낭도 둘이 길을 가다 그 광경을 보고 감동하여 효종랑에게 그 사실을 알렸다. 효종랑도 그 이야기를 듣고 감동하여 눈물을 흘렸다.

효종랑은 집으로 돌아가 부모님께 청하여 곡식 백 석과 의복 등을 지은의 집에 보냈다. 뿐만 아니라 지은의 몸값도 대신 갚아 주어 좋은 사람에게 시집가게 했다.

효종랑의 낭도들도 각기 조 한 섬씩을 내어 지은의 집에 보냈다.

마침내 그 사실은 임금인 진성여왕에게도 알려졌다. 여왕은 지은에게 벼 오백 석과 집 한 채를 주고 호세(세금)와 부역을 면제해 주었다. 또 곡식이 많아져 도둑이 있을까 염려하여 고을 관아에서 병사를 보내 지키게 하고 그 마을 이름을 '효양리(孝養里)'라 부르게 하였다.

그런 다음, 여왕이 효종랑을 궁으로 불렀다.

"네가 비록 나이는 어리나 생각하는 바가 어른보다 깊고 아름답구나."

여왕은 효종랑을 크게 칭찬하고는 자신의 조카딸을 주어 아내로 삼게 했다. 그 아내가 바로 선의 할머니였다.

"할바마마 같은 화랑 말씀이셔요?"

선은 새삼 할아버지 효종랑을 생각하면서 큰형에게 되물었다. 큰형은 웃으며 고개를 저었다.

"할바마마께서도 물론 훌륭하신 분이지. 하지만 내가 꿈꾸는 화랑은 노래 속에 나오는 화랑이다. 너도 알지. 내가 좋아하는 노래, 찬기파랑가. 그 노래에 나오는 기파랑이 내 꿈이다."

찬기파랑가는 35대 임금인 경덕왕 때, 스님인 충담사가 지은 노래로, 기파랑이라는 화랑을 기리는 노래였다. 그 노래의 깊은 뜻은 다 몰라도 대강의 뜻은 선도 알고 있었다.

하지만 그 기파랑이 꿈이라는 큰형의 말은 아무리 생각해도 잘 알 수가 없었다.

선이 잠자코 있자 큰형이 계속 말했다.

"아마도 넌 내 말이 무슨 뜻인지 이해하기가 쉽지 않을 거다. 허나 이 다음에라도 내 말뜻을 알게 되면 그 때 네가 기억해 주려무나. 내 꿈이 어떤 것이었는지를. 그리고 내가 너를 얼마나 사랑했는지 그것도 기억해 주면 고맙겠구나."

선은 대답 대신 고개만 끄덕였다. 큰형의 목소리는 차분하고 조용할 뿐이었는데, 선은 까닭 없이 목이 메어 대답할 수가 없었다.

상덕이 못 가운데 있는 섬에다 배를 대었다. 뱃놀이할 때면 으레 섬에도 한 번씩 들러 본다는 것을 상덕은 잘 알고 있었다.

선은 큰형과 함께 배에서 내려 섬으로 올라갔다. 큰형은 섬 가운데 서서 못 건너편을 바라보았다. 선도 큰형이 바라보는 곳을 보았다.

그 곳에는 월지궁의 전각들이 있었다. 방방이 불이 켜진 전각들은 달빛에 싸여 꿈결처럼 몽롱하게, 월지궁이라는 이름처럼 신비하고 아름답게 보였다.

"잘 봐 두어라."

선은 고개를 끄덕이고는 못 건너편을 바라보았다. 너무 아름다운 광경이어서 큰형이 잘 봐 두라고 말하는 것 같았다.

한참 동안 선은 큰형과 함께 못 건너편을 바라보았다.

'오늘 태자 형님께서는 모든 것을 너무 오래 바라보신다. 태자 형님이 여느 때와는 좀 다른 것 같다. 태자 형님께 무슨 일이라도 생긴 걸까? 내가 모르는 그 어떤 일이······.'

문득 그런 생각이 머리를 스쳐 가는 순간, 밤 바람이 기다렸다는 듯이 옷깃 속을 파고들었다. 차가웠다. 선은 저도 모르게 어깨를 움츠렸다.

"추우니?"

"아니어요. 견딜 만해요, 태자전하."

"그만 돌아가자."

상덕이 다시 노를 저었다. 달빛이 더 휘황해지고 별들도 더 많이 돋아난 것 같았다.

큰형이 밤 하늘을 올려다보았다.

"별은 언제 봐도 참 신비하기만 하구나. 자연이란 다 신비한 것이긴 하지만. 선이 너, 기본 별자리 28수 다 외우고 있니?"

"그럼요. 태자전하께서 가르쳐 주셨는데 잊으면 안 되잖아요. 먼저 동쪽을 맡고 있는 별자리는 각, 항, 저, 방, 심, 미, 기, 일곱 수이고, 그 다음 서쪽은······."

선은 계속 서쪽 일곱 별자리, 남쪽 일곱 별자리, 북쪽 일곱 별자리까지 모두 외웠다.

28수 별자리는 하늘의 뜻을 읽는 천문법에서 특히 중요했다. 그 28수 별자리마다 여러 개의 별자리가 딸려 있는데, 그 별자리의 밝음과 흐림, 움직임, 어느 별이 어느 별을 침범했는지를 살펴서 그 해에 풍년이 들 것인지 흉년이 들 것인지 나라 안이 평온할 것인지 변란이 일어날 것인지 미리 헤아려 보았다.

그 때문에 28수 천문법은 그 어떤 천문법보다 중요했고, 첨성대의 높이가 28단인 것도 그런 이유에서였다.

28수 천문법은 해마다 한 해가 시작되는 정월 초에, 초하룻날부터 이레 사이에 실시했다. 그 7일 중에서 구름 한 점 없는 가장 밝은 밤을 택하여 술시(戌時, 밤 8시)와 해시(亥時, 밤 10시) 사이에 높은 망대에 올라가 밤 하늘을 쳐다보면서 28수 별자리를 세밀하게 관찰하여 그 해의 운세를 헤아려 보았다.

물론 그 일은 밤 하늘을 몇십 년 관찰하여 28수 별자리를 정확하게 찾아낼 수 있는 천문 박사가 했다. 밤 하늘에 모래알처럼 무수히 흩어져 있는 별자리 가운데 28수 별자리를 찾아내기란 바다 한가운데 빠뜨린 바늘을 찾는 것만큼이나 어려운 일이기 때문이다.

큰형에게서 28수 별자리에 대해 배우면서 선도 큰형과 함께 첨성대 옆에 있는 높은 망대에 올라가 밤 하늘을 살핀 적이 있었다. 그 때 천문 박사가 일일이 손으로 가리켜 가며 별자리를 가르쳐 주었지만 선은 그 별이 그 별 같아서 분간하기가 어려웠다.

그러자 큰형이 다른 방법으로 28수 별자리를 가르쳐 주었다. 밤 하늘을 직접 쳐다보는 것보다는 조금 쉬운 방법이었다.

큰형은 어느 맑게 개인 날 밤에 동궁전 뜰에 커다란 자배기를 놓고 그 안에 물을 가득 채우게 했다. 그러자 그 물 속에 밤 하늘의 별자리들이 그대로 떠올랐다. 그 모양을 자세히 들여다보면서 큰형은 28수 별자리를 찾아 가르쳐 주었다.

비로소 선은 28수 별자리가 어떤 모양인지 대강은 알게 되었다. 그러나 지금도 밤 하늘에서 그 별자리를 찾으라고 하면 찾지 못하는 건 마찬가지였다.

아무튼 정초에 천문 박사가 28수 별자리를 자세히 살펴보고 나서 그 결과를 왕과 태자에게만 일러 주었다. 나라의 운세는 중대한 문제라 아무에게나 알려 줄 수는 없었다.

물론 신하들 중에서도 천문법에 밝은 사람이 있어 나름대로 운세를 점쳐 보기도 했지만, 공식적인 행사에서는 왕과 태자만이 그에 대한 보고를 들을 수 있었다.

그 다음에 왕은 여러 가지 징조의 좋고 나쁨을 헤아리는 일관을 불러 그 일을 해석하게 했다. 좋은 일이든 나쁜 일이든 미리 알아 두면 나라를 다스리는 데에 그만큼 도움이 되기 때문이다.

올해 초에도 아바마마와 큰형은 천문 박사에게서 28수 별자리 관찰에 대한 보고를 들었다. 하지만 선은 일관이 그 일에 대해 어떤 해석을 내렸는지는 모른다.

선은 궁금하여 아바마마에게도 큰형에게도 물어 보았는데 대답은 한결같았다.

"그런 일은 넌 아직 몰라도 된다. 넌 네 할 일이나 열심히 하면 된다."

그 대답을 할 때, 아바마마와 큰형의 표정은 어두웠다. 그래서 선은 올해 나라의 운세가 그리 좋은 건 아니라고 짐작할 뿐이었다.

"그래, 28수 별자리를 다 외우고 있다니 기특하구나. 그 별자리에 대해 왜 알고 있어야 하는지 그것도 한번 말해 보려무나."

"하늘이 우리에게 무엇을 일러 주는지를 헤아려 그에 대한 준비를 하기 위해서여요."

언젠가 큰형이 들려 준 말을 선은 그대로 기억하고 있었다.

"그래, 밤 하늘의 별들뿐만 아니라 자연은 여러 가지 방법으로 우리에게 많은 징조를 보여 준다. 그 징조를 잘 알아 보고 제대로 해석하여 대비하면 우리는 닥쳐오는 그 어떤 어려움도 슬기롭게 헤쳐 나갈 수 있다. 하지만 언젠가부터 신라의 임금들은 그런 징조들을 제대로 받아들이지 않고 좋은 쪽으로 편리하게만 해석했고, 결국 신라는 이렇게 기울고 말았다."

49대 임금인 헌강왕 때 일이었다. 어느 날 왕이 포석정에 행차했는데, 남산의 신이 나타나 어전에서 춤을 추었다. 그러나 그 춤은 왕 옆에 있는 신하들의 눈에는 보이지 않고 왕의 눈에만 보였다.

왕은 그 일을 상서로운 징조로 해석하여 몸소 그 춤을 추어 신하들에게 보여 주기도 했다. 또 금강령에 행차했을 때는 북악의 신이 나타나 춤을 추었고, 동례전에서 잔치할 때는 지신이 나와 춤을 추었다.

그 모두가 나라가 쇠약해질 거라는 사실을 경고해 주는 것이었는데도 헌강왕은 좋은 징조로만 해석하여 더욱 놀이에만 빠져들었다.

귀신이 보여 주는 기이한 징조뿐 아니라 눈앞에서 일어나는 사실에 대해서도 왕들은 제대로 대비하지 못한 경우가 많았다.

이궁 포석정에서 죽은 경애왕만 해도 서라벌 가까이까지 견훤이 쳐들어왔는데도 그 위태로움을 전혀 깨닫지 못하고 하늘에만 의지하여 제사를 드리다가 결국 비참하게 죽고 말았다.

"예전에 신라가 번성할 때의 임금들은 그렇지 않았다. 진평왕께서는 궁중에서 잔치와 사냥을 하지 못하도록 금하셨고, 삼국 통일을 이룩하신 문무왕께서는 검소한 생활을 몸소 실천하셨다. 뿐만 아니라 문무왕께서는 죽어서도 신라를 지키는 용이 되시겠다면서 바닷물 속에 당신을 장사지내라는 유언을 남기셨다. 임금이 이처럼 임금의 도리를 다하면서 모범을 보였을 때, 나라는 번성했고 신라라는 그 이름을 천하에 떨칠 수 있었다."

큰형의 목소리에는 신라의 국운을 크게 떨쳤던 그 시절에 대한 그리움이 가득 배어 있는 것 같았다. 선은 아무 말도 할 수 없어 은하 같은 못물만 잠자코 바라보았다.

이윽고 큰형이 말했다.

"달도 밝고 달못도 아름다우니 이런 밤에는 노래가 있으면 한층 좋겠구나. 선아, 노래 한 수 불러 보려무나."

신라의 노래는 한자로 사뇌가(詞腦歌)라고 쓰는데, 그것은 동쪽 땅의 노래란 뜻의 신라 말을 한자로 옮겨 쓴 것이다. 동쪽은 해가 뜨는 곳이고, 햇살 비치는 동쪽 땅은 밝음 그득한 곳이다. 그러니까 사뇌가에는 밝은 땅의 노래란 뜻도 숨어 있다.

신라가 밝은 동쪽 땅에 자리 잡고 있어서인지, 신라 사람들은 유난히 밝음을 사랑했다. 신라(新羅)라는 나라 이름도 서라벌이라는 옛 이름을 한자로 쓴 것인데, 서라벌은 신라 말로 아침 해가 맨 먼저 비치는 성스러운 땅이라는 뜻이었다.

어쨌든 이 사뇌가는 주로 화랑이나 스님들이 많이 지었는데, 큰형이 좋아하는 찬기파랑가는 사뇌가 중에서도 가장 아름답고 많은 사람들이 사랑하여 널리 부르는 노래였다.

선은 큰형에게서 사뇌가를 여러 곡 배웠다. 물론 찬기파랑가도 배웠는데, 그 노래는 워낙 뜻이 깊어서 제대로 잘 부르기가 어려웠다.

하지만 큰형이 듣기 원한다면 선은 찬기파랑가를 부를 작정이었다.

"무슨 노래를 부를까요?"

"안민가. 그 노래를 불러다오."

예상 밖의 대답이었지만 선은 오히려 좋았다. 안민가는 찬기파랑가를 지은 충담사가 지은 노래인데, 그 뜻도 알기 쉽고 노래 부르기도 그리 어렵지 않았다.

백성을 다스려 편히 할 노래라는 뜻의 안민가에는 다음과 같은 이야기가 전해져 왔다.

35대 임금인 경덕왕이 어느 해 3월 3일 반월성 서쪽에 있는 귀정문 누각에 행차해 있을 때 마침 지나가는 스님이 있어 누각으로 불러들였다.

스님은 허름한 장삼을 걸치고 있었으나, 어딘가 위엄 있어 보였다. 어깨에는 삼태기를 걸머지고 있었는데, 그 속에는 차를 끓이고 마시기 위한 그릇들이 들어 있었다.

왕은 스님에게 이름이 무엇이며, 어디서 오는 길이냐고 물었다.

"소승의 이름은 충담이라 하옵니다. 소승이 늘 3월 3일과 9월 9일에 차를 달여서 남산 삼화령에 계신 미륵세존께 공양하는지라, 오늘도 차를 올리고 돌아가는 길입니다."

"허면 짐에게도 차를 한 잔 주겠소?"

경덕왕이 차를 청하자, 충담 스님이 차를 달여 왕께 드렸는데, 그 차 맛이 무척 특이하고 찻잔에서도 그윽한 향기가 풍겼다. 왕이 말했다.

"짐이 듣건대 대사가 그 아름다운 찬기파랑가를 지었다는데, 사실이오?"

"예. 그러하옵니다."

"그럼 이번에는 짐을 위해 노래를 하나 지어 주오. 백성을 잘 다스려 나라를 편히 할 그런 노래를 말이오."

충담 스님은 이윽고 임금 앞에서 노래를 지어 불렀는데, 그 노래가 바로 안민가였다. 왕은 그 내용에 감동하여 스님을 왕사(王師)에 봉하려 하였으나 충담은 끝내 사양했다.

그 이후, 안민가는 신라 사람 모두가 즐겨 부르는 노래가 되었다.

선도 안민가를 무척 좋아했다. 또한 이 노래는 선이 가장 자신 있게 부를 수 있는 노래이기도 했다.

선은 마음을 가다듬고 노래를 부르기 시작했다.

임금은 아비시고
신하는 사랑하실 어미시라
백성을 즐거운 어린아이로 여기시면
백성이 그 은혜와 사랑을 알리이다.
구물구물 사는 백성들 이를 먹여 다스리니
'이 땅을 버리고 어디로 가리이까' 할지면
나라 안이 유지되리이다.
아아, 임금답게, 신하답게, 백성답게 할지면
나라는 태평하리이다.

선은 마음을 다해 노래를 불렀다. 큰형이 가르쳐 준 노래니까, 아주 잘 불러서 큰형에게 칭찬받고 싶었다. 아니 칭찬은 못 들어도 큰형의 마음을 조금이라도 기쁘게 해 주고 싶었다.

노래가 끝났다. 큰형이 빙긋 웃으며 말했다.

"아주 잘 불렀다. 예전에 월명사라는 스님이 피리를 너무 잘 불어서 하늘의 달도 가기를 멈추고 그 피리 소리를 들었다 했는데, 오늘 밤 저 달도 별들도 다 네 노래를 듣고 감동했을 것이다."

선은 큰형의 칭찬에 너무나 기뻐 가슴이 다 두근거렸다. 벅찼던 것이다. 한편으로는 부끄럽기도 했다.

"아니어요, 태자전하. 제가 노래를 잘하지 못한다는 거, 저도 잘 알아요. 태자전하의 반만큼도 못하는 걸요."

큰형은 노래를 아주 잘 불렀다. 깊은 울림이 있는 그 목소리도 좋지만, 큰형의 노랫가락에는 사람의 마음을 뒤흔드는 묘한 힘이 있었다. 큰형이 노래한다면 정말 저 달도 가기를 멈추고 그 노래를 들으리라.

"네 노래에는 무언가 간절함이 있었다. 정말 잘하는 노래는 그런 것이다."

큰형을 좋아하는 선의 그 간절한 마음이 큰형에게 전해진 것인지도 모른다.

"전 태자전하의 노래를 듣고 싶어요. 들려 주셔요, 네?

"벌써 못을 한 바퀴 다 돌았구나. 내 노래는 다음에 들려 주마."

"약속하신 거여요."

"그래, 약속했다."

배가 어느 새 못 가장자리에 이르렀다. 배를 묶은 밧줄이 다시 갓길 바위에 감기고, 빈 배는 달빛만 가득 싣고 물 위에 둥 떠 있었다.

큰형이 앞장 서서 동궁전을 향해 걷기 시작했다. 선이 그 뒤를 따라가고 상덕이 바로 뒤에서 따라왔다.

문득 큰형이 나지막한 소리로 노래를 부르기 시작했다.

임금은 아비시고
신하는 사랑하실 어미시라

큰형의 그 노랫소리가 너무 좋아 선은 자그맣게 따라 불렀다. 어느 새 상덕도 들릴락말락한 소리로 함께 노래를 부르고 있었다.

큰형과 선과 상덕이 마음을 합해 한 목소리로 부르는 노랫소리에 달빛이 더욱 밝아진 듯했다.

선은 기뻤다. 큰형과 함께 달밤에 이렇듯 한가롭게 노래하고 있다는 것이 꿈만 같았다. 그 동안 큰형에게 느꼈던 서운함도 노래에 실려 달빛 속으로 사라졌다.

이런 날이 날마다 계속되었으면 싶었다. 나라가 태평하다는 것은 바로 이런 것을 두고 하는 말이 아닐까?

아아, 임금답게, 신하답게, 백성답게 할지면
나라는 태평하리이다.

노래는 끝났지만 선의 귓가에는 여전히 큰형의 노랫소리가 메아리치고 있었다. 발을 내딛을 때마다 노란 달빛이 발 아래 부서졌다.
오늘 밤, 선은 아주 즐거운 꿈을 꿀 것 같았다. 황금빛 달빛 같은 꿈을.

거세고 찬 바람 앞에

　내전 뜰에 있는 은행나무 잎이 어느 새 눈부신 황금빛으로 물들었다. 바람이 불 때마다 은행잎이 나비처럼 팔랑 뜰로 날아 내렸다.
　선은 내전으로 들어가려다 잠시 멈추어 서서 노랗게 물든 은행잎을 바라보았다. 은행나무는 큰형이 무궁화 못지않게 좋아하는 나무였다.
　큰형이 은행나무를 좋아하는 것은 은행나무가 다른 어느 나무보다 햇빛을 좋아하기 때문이라고 했다. 햇빛의 밝음을 너무도 좋아하여 은행나무는 가을이면 그 나뭇잎이 햇살 같은 황금빛으로 물드는 것이라고 했다. 신라 사람들이 밝음을 사랑하듯 은행나무도 밝음을 사랑한다고 했다.

밝음을 그처럼 사랑하기에 은행나무는 하늘을 향해 가지를 뻗고 높이 쑥쑥 자란다고 했다. 높이 자라기 때문에 그만큼 뿌리도 깊이 내린다고. 높이 자라고 깊이 뿌리내리는 그 꿋꿋함 또한 큰형은 사랑한다고 했다.

이따가 큰형은 이 곳으로 아바마마를 뵈러 올 것이다. 어쩌면 아바마마는 다른 날보다 일찍 공부를 끝내고 선에게 처소로 돌아가라고 할지도 모른다.

하지만 선은 돌아가지 않을 작정이었다. 아바마마가 큰형에게 무슨 말을 하려는 것인지 선은 꼭 알고 싶었다.

오늘 아침의 일이었다. 이른 아침에 선이 모처럼 큰형과 함께 아바마마를 뵈러 갔을 때였다. 문안 인사가 끝나고 아바마마의 처소를 나오려 하자 아바마마가 불현듯 큰형에게 물었다.

"태자야, 요즘 통 조원전에 나오지 않더구나. 오늘은 너도 조원전에 나와서 나라일을 보는 것이 어떻겠느냐?"

조원전은 반월성 안에 있는 큰 전각으로 임금이 신하들과 나라일을 의논하는 곳이었다. 아바마마는 여느 때는 그 곳에서 조회를 열고 나라일을 보았다. 나라에 큰일이 있을 때면 월지궁에 있는 평의전에서 대신들이 모두 모인 가운데 어전 회의를 열었다.

큰형은 태자가 되면서부터 조원전에 자주 나가 나라일을 보는 아바마마를 도와 드리곤 했다. 그것은 태자로서 당연히 해야 할 일이기도 했고, 또 아바마마가 그렇게 하기를 원했기 때문이다.

하지만 언제부터인가 큰형은 조원전에 거의 나가지 않았다. 대신 궐 밖으로 나가는 일이 잦아졌다. 그 무렵 아바마마도 이미 나라일에 뜻을 잃고 그냥 형식적으로 오전에만 신하들을 만날 뿐이었으므로, 큰형이 조원전에 나가지 않는 것은 어쩌면 당연한 일이었다.

다만 큰형은 어전 회의가 있을 때는 반드시 평의전에 나가 회의에 참석했다. 평의전 회의는 그만큼 중요하기 때문이다. 요즘은 그 어전 회의도 열리는 일이 드물어졌지만.

아바마마도 큰형이 조원전에 나오지 않는 이유를 너무나 잘 아는지라 그 일에 대해 큰형을 나무란 적은 한 번도 없었다. 적어도 선이 알고 있는 한은 그랬다.

그런데 느닷없이 아바마마가 조원전 이야기를 꺼낸 것이다.

"무슨 특별한 일이라도 생긴 것인지요?"

큰형은 아무래도 이상한 모양인지 그렇게 되물었다.

"너는 태자가 아니냐. 특별한 일이 없어도 자주 조원전에 나와 나라 안이 어떻게 되어 가는지 알아 두어야 하지 않느냐."

"조원전에 나가 있으면 소자 가슴이 답답하옵니다. 용서하소서, 아바마마."

큰형은 조원전에 나가지 않겠다는 뜻을 분명하게 밝히고 있었다.

아바마마는 큰형의 그런 대답을 예상한 듯 담담한 표정으로 큰형을 바라보면서 다시 말했다.

"오늘도 궐 밖에 나가느냐?"

"예."

"궐 안에 있으면 가슴이 답답한 게로구나."

큰형은 아무 대답도 않고 잠자코 있었다.

"허면 오늘은 궐 밖에 나갔다가 일찍 돌아와 이 아비하고 얘기 좀 하자구나. 너하고 이야기를 나눈 지도 무척 오래 된 것 같구나. 오후에 돌아오는 즉시 이리로 오너라. 너에게 꼭 하고 싶은 말이 있다."

"그리하겠사옵니다, 아바마마."

큰형은 순순히 대답했다. 선은 아바마마가 저에게 무슨 말이라도 할까 봐 가슴이 조마조마했다. 오늘이 불경 공부하는 날인데 아바마마가 오지 말라고 하면 아바마마와 큰형이 무슨 이야기를 나누는지 들을 수 있는 기회가 사라져 버리기 때문이다.

다행히 아바마마는 더 이상 아무 말도 없었고, 선은 큰형과 함께 그 곳을 물러나왔다.

'아바마마께서는 분명 태자 형님에게 아주 중요한 말씀을 하실 거야. 무슨 일이 있어도 내가 그 자리에 있어야 해.'

선은 아침부터 계속해 온 다짐을 다시 한 번 가슴에 새기며 아바마마의 처소로 들어갔다. 아바마마는 선이 들어오는 것을 보고 놀라는 표정을 지었다.

"네가 웬일이냐?"

아바마마는 오늘이 불경 공부하는 날인 것도 깜박 잊은 듯했다. 지금 아바마마의 머릿속에는 큰형에 대한 생각뿐일지도 모른다.

"오늘이 불경 공부하는 날이옵니다, 아바마마."

"그랬구나. 내가 정신이 없어서 그 일을 잊고 있었다. 어쩐다지? 오늘은 아무래도 그냥 돌아가는 것이 좋겠구나. 네 처소에 가서 쉬어라."

"아바마마, 태자 형님과 말씀을 나누시려고 그리하시는 지요?"

"그래. 아침에 너에게 오늘은 공부하러 오지 않아도 된다는 말을 했어야 하는 건데, 미처 생각을 못했구나."

"저, 아바마마. 아바마마께서 바쁘시면 소자 여기서 혼자 조용히 공부하면 아니 되겠사옵니까?"

선은 잔뜩 긴장하여 할 수 있는 한 공손하게 말했다. 지금 아바마마한테 잘 말씀드려 기어이 허락을 받아 내야 한다.

"안 될 거야 뭐 있겠느냐. 이왕 예까지 왔으니 너 혼자 그 동안 배운 것을 복습하도록 해라. 태자가 올 때까지만 공부하다가 태자가 오면 돌아가도록 해라."

"저 아바마마, 소자 아바마마께 꼭 드릴 청이 한 가지 있사옵니다."

전에 없이 굳은 얼굴로 말하는 선이 이상한지 아바마마가 문득 선을 바라보았다.

"청이라니, 대체 무슨 청인지 말해 보아라."

"반드시 들어 주셔야 하옵니다."

아바마마가 어이없다는 듯이 웃었다.

"허허, 대체 무슨 어려운 청이기에 네가 이렇듯 이상하게 군단 말이냐. 어서 말해 보아라. 아비가 들어 줄 수 있는 청이면 다 들어 주마."

"약속하셨습니다, 아바마마."

"어서 말해 보아라."

"태자 형님이 오신 뒤에라도 그냥 제가 여기 있으면 아니 되겠사옵니까? 두 분이 무슨 말씀을 나누시든 저는 아무 참견도 하지 않고 한쪽 구석에 얌전히 있겠사옵니다. 아바마마께서는

거세고 찬 바람 앞에 75

소자가 없는 셈 치시고 태자 형님한테 하고 싶은 말씀을 다 하시면 되지 않사옵니까?"

"그것이 네 청이더냐?"

"예, 아바마마."

"대체 넌 무엇 때문에 어른들이 하는 얘기를 듣고 싶어하는 게냐? 아이가 어른들 일에 끼어드는 것은 그리 좋은 일이 아니다."

아바마마가 제 청을 들어 줄 뜻이 없는 것 같아 선은 조바심이 났다. 아바마마는 선이 당돌하게도 어른들 일에 끼어들고 싶어하는 것으로 오해하고 있었다.

"아바마마, 소자 아바마마께서 하시는 일에 끼어들려는 것이 결코 아니옵니다. 다만 태자 형님한테 무슨 일이 있는 것인지 알고 싶을 따름이옵니다. 태자 형님을 좋아하니까, 태자 형님과 상관 있는 일은 소자도 다 알고 싶사옵니다. 그뿐이옵니다."

선이 하소연하듯 간절하게 말하자 아바마마도 조금은 마음이 움직이는지 한동안 아무 말도 하지 않았다. 그 일에 대해 생각해 보는 것 같았다.

이윽고 아바마마가 부드러운 표정으로 선을 바라보았다. 선은 그제야 마음이 놓였다.

"선아, 넌 태자가 그렇게도 좋으냐?"

"예, 아바마마."

선은 간단하게 대답했지만 아바마마도 잘 알고 계시리라. 선이 큰형을 얼마나 좋아하는지를.

"허면 이 아비보다도 어마마마보다도 태자가 더 좋더란 말이냐?"

뜻밖의 물음에 선은 순간 당황하여 아무 대답도 하지 못했다. 아바마마가 큰형을 더 좋아한다고 저를 나무라는 것 같기도 하고, 일부러 짓궂게 그런 질문을 한 것 같기도 했다.

선이 잠자코 있자 아바마마가 다정하게 말했다.

"그래, 태자가 오면 한쪽 구석에 얌전히 있어라. 절대 말참견하거나 아는 체하면 안 된다. 내가 태자와 하려는 얘기는 아주 중요한 일이니까. 알겠느냐?"

"예, 아바마마."

선은 너무 기뻐 아바마마의 손을 잡고 어리광이라도 부리고 싶었지만 꾹 참고 점잖게 자리에 앉았다. 불경을 펴놓고 이틀 전에 배운 곳을 혼자 복습하기 시작했다.

하지만 불경의 글자들이 도무지 눈에 들어오지 않았다. 자꾸 바깥으로만 귀가 쏠렸다. 혹시라도 큰형의 발소리가 들릴까 하여.

거세고 찬 바람 앞에

아바마마도 큰형을 기다리기가 초조한 듯했다. 자리에 앉아 무언가를 골똘히 생각하다가 갑자기 벌떡 일어나 방 안을 서성대기도 하고, 바깥에 있는 내관에게 동궁전에서 무슨 연락이 없었는지 묻기도 했다.

방 안에 서서히 어스름이 깃들기 시작할 무렵 큰형이 왔다. 선은 얼른 일어서서 들어오는 큰형을 맞았다.

"자, 앉아라, 태자야."

아바마마는 방으로 들어온 큰형을 보고 마음이 놓인다는 듯 말했다. 큰형이 아바마마의 맞은편에 앉으면서 그 때까지 서 있는 선을 보았다. 아바마마가 큰형의 그 마음을 헤아린 듯 선에게 말했다.

"넌 저쪽에 가서 조용히 책을 읽어라. 태자와 긴히 나눌 얘기가 있으니, 없는 듯이 있어야 한다."

큰형은 아바마마의 그 말에서 무언가를 눈치챈 듯 잠자코 있었다.

"예, 아바마마."

선은 얼른 눈에 잘 띄지 않는 구석 자리에 가 앉았다. 책을 펴놓고 글자에 눈길을 주었지만, 마음은 온통 아바마마와 큰형에게로 가 있었다.

"아바마마, 소자에게 하실 말씀이 무엇인지 말씀하시옵소서."

이윽고 큰형이 말했다.

"태자는 대체 언제 장가를 들려 하느냐? 태자비의 자리가 여태 비어 있으니 아비의 마음이 편치 않구나."

두세 해 전부터 아바마마는 큰형에게 태자비를 맞아들이라고 여러 번 권했다. 하지만 그 때마다 큰형은 한사코 고개를 저었고, 아바마마도 억지로 권하지는 않았다.

그런데 갑자기 아바마마가 그 얘기를 다시 꺼내고 있는 것이다. 큰형이 뭐라고 대답할지 뻔한 그 얘기를.

"아바마마, 지금은 그럴 때가 아니라는 것을 아바마마께서 더 잘 알고 계시지 않사옵니까?"

큰형의 대답은 선이 짐작한 대로였다.

"그럴 때가 아니라는 것은 네 나이를 말하는 것이냐? 스물하나면 장가를 들기에 충분한 나이다. 일찍 장가를 든 사람은 네 나이 때 벌써 아들을 두셋 두기도 하지 않느냐."

아바마마는 큰형이 왜 태자비를 맞지 않으려는지 다 알면서 일부러 엉뚱한 소리를 하는 것 같았다. 선은 한 마디라도 놓칠새라 아바마마와 큰형을 향해 귀를 바짝 세웠다.

"아바마마, 소자의 가슴 속에는 오직 신라뿐이옵니다. 신라의 명운이 꺼져 가는 촛불 같사온데, 어찌 태자비를 맞을 생각을 하오리까. 한 나라가 망하면 왕실이 가장 비참해진다는 것을 그 누구보다 아바마마께서 잘 알고 계시지 않사옵니까."

선도 그것은 알고 있었다. 한 나라의 상징인 왕실이 살아 있으면 그 왕실을 중심으로 백성들이 다시 잃어버린 나라를 회복하려 하는 까닭에, 한 나라가 다른 나라를 정복하면 가장 먼저 그 나라 왕실을 없애 버린다는 것을. 그리하여 왕과 왕자, 왕족 모두가 한결같이 비참해진다는 것을.

아바마마는 아무 대답도 하지 않았다. 그 침묵이 무거웠는지 큰형이 다시 말했다.

"아바마마께서는 경애왕과 그 왕비가 어떤 일을 당하셨는지 잘 알고 계시지 않사옵니까? 망하기도 전에 이미 그런 비참한 일을 겪었는데, 장차 신라가 망하게 되면 어떤 일을 겪게 될지 불을 보듯 뻔한 일이 아니겠사옵니까? 섣불리 태자비를 맞아들여 지어미를 지켜 주지도 못하는 그런 못난 지아비는 되고 싶지 않사옵니다. 적에게 비참한 꼴을 당하지 않기 위해 제 손으로 태자비를 죽여야 하는 그런 비정한 지아비는 더더욱 되고 싶지 않사옵니다."

"태자는 어찌하여 모든 일을 그리 극단적으로만 생각하는고?"

"아바마마께서는 어찌하여 소자에게 극단적이라고 하시옵

니까? 나라가 망하려 할 때 제 나라를 지키기 위해 마지막까지 싸우다 죽는 것은 한 나라의 태자로서 당연히 해야 하는 의무가 아니옵니까?"

"내 말은 태자야, 싸우는 것만이 최선의 방법은 아니라는 얘기다. 다른 방법을 생각해 볼 수는 없겠느냐?"

"천 년을 이어 온 나라가 망하려 하는데 끝까지 싸우는 것말고 어찌 다른 길이 있겠사옵니까? 설령 이길 수 없는 싸움이라 해도 목숨이 있는 한 싸워야 하지 않겠사옵니까?"

큰형의 그 말에는 강한 결심이 어려 있었다. 아무리 아바마마라 해도 도저히 꺾을 수 없는 그런 결심이. 아바마마도 그것을 느꼈는지 잠시 말이 없었다. 큰형도 말이 없었다.

선은 가슴 조이며 숨소리도 크게 내지 않으려 애썼다.

"태자야, 견훤이 왕건에게 망명한 사실을 어떻게 생각하느냐?"

아바마마가 조용한 목소리로 돌같이 단단한 침묵을 깨뜨렸다. 큰형은 대답하지 않고 가만히 있었다. 아바마마가 왜 그런 질문을 하는지 헤아려 보는 것일까? 아니 큰형은 이미 아바마마의 뜻을 알고 있기 때문에 일부러 대답하지 않는 것인지도 모른다.

후백제의 견훤이 왕건에게 망명한 것은 석 달 전 여름의 일이었다. 천하를 놓고 고려와 팽팽하게 힘을 겨루던 막강한 후백제의 왕 견훤이 왕건에게 망명하는 처량한 신세가 된 것은, 견훤의 아들들 사이에 권력 다툼이 일어났기 때문이다.

견훤에게는 아내가 여러 명 있었고, 아들만도 열 명이 넘었다. 견훤은 그 중에서 네 번째 아들인 금강을 유난히 사랑하여 금강에게 왕위를 물려주려 하였다. 그러자 이에 불만을 품은 맏아들 신검이 두 아우와 짜고 아버지 견훤을 금산사에 가둔 뒤에 금강을 죽여 버렸다. 그런 다음 스스로 왕이 되었다.

견훤은 석 달 동안 금산사에 갇혀 있다가 지난여름 마침내 금산사를 탈출하여 왕건에게 망명하고 말았다.

왕건은 견훤을 예로써 후히 대접하여 후백제에 있을 때와 다름없이 편히 지내도록 해 주었다. 뿐만 아니라 견훤의 나이가 자신보다 열 살이나 많았으므로 견훤을 높여 상부(尙父)라고 불렀다. 아버지와 같은 대접을 하겠다는 뜻이었다.

그 일로 사람들은 왕건을 전보다 한층 더 우러르게 되었다. 지난날 견훤이 왕건과 고려를 무수히 괴롭혔는데도 왕건은 그 일을 다 덮어 버리고 견훤을 따뜻하게 맞아 주었기 때문이다.

"견훤이 왕건에게 망명한 일에 대한 네 생각을 듣고 싶구나."

큰형이 여전히 침묵을 지키고 있자 아바마마가 재촉하듯 물었다. 큰형이 대답했다.

"외람되오나 아바마마께서는 그 일에 대해 어찌 생각하시는지, 먼저 말씀해 주시면 소자도 소자의 생각을 말씀드리겠사옵니다."

"왕건은 믿을 만한 사람이라고 생각하였다. 원수나 다름없는 견훤을 저리 융숭하게 대접하는 것을 보고 이제 천하의 민심이 다 그에게로 쏠리겠구나 생각했느니라. 자, 이제 네 생각을 말해 보아라."

"소자는 견훤이 비록 후백제를 세워 왕이 되었으나, 진정으로 한 나라를 세울 만한 왕의 그릇은 못 된다고 생각하였사옵니다."

"어찌하여?"

"첫째는 넷째 아들을 편애하여 그에게 왕위를 물려주려 함으로써 형제끼리 서로 피를 흘리며 싸우게 만들었고, 그로 인해 어렵게 세운 나라의 기틀마저 흔들리게 만들었기 때문입니다. 둘째는 왕건에게 망명하여 왕건으로 하여금 후백제를 칠 수 있는 좋은 구실을 만들어 주었기 때문입니다. 이는 결국 스스로 무덤을 판 것이나 마찬가지인데, 그러한 인물을 어찌 한 나라를 경영할 만한 왕의 그릇이라 할 수 있겠사옵니까?"

"허면 왕건은 어떠하냐?"

"왕건은 백성의 마음을 얻는 방법을 알고 나름대로 지략도 있으니 왕의 그릇이라 할 만하옵니다. 만약 하늘의 뜻이……."

거기서 큰형은 잠시 말을 멈추었다. 그 어떤 감정이 벅차오르는 듯 목소리가 떨렸다. 하지만 큰형은 이내 목소리를 가다듬어 차분하게 말을 이어 나갔다.

"하늘의 뜻이 왕건에게 있다면 그는 모든 것을 얻어 왕업을 이룰 수 있을 것이옵니다."

왕건이 모든 것을 얻는다는 것은 결국 신라와 후백제가 망하고 고려가 천하를 다스리게 된다는 뜻이었다.

"하늘의 뜻이 어디에 있는지, 우린 이미 알고 있다. 그렇지 않느냐?"

아바마마가 침통한 목소리로 말했다.

"하늘의 뜻을 알고 있기에 더더욱 제 할 일을 다 해야 하지 않겠는지요?"

큰형은 오히려 담담하게 대답했.

아바마마와 큰형이 하늘의 뜻을 알고 있다는 것은 올해 초 28수 별자리로 하늘의 뜻을 살폈을 때 이미 그 징조가 나타났다는 뜻은 아닐까?

선은 마음이 돌덩이만큼이나 무거워지는 것을 느꼈다.

방 안에는 어느 새 어둠이 깊숙이 들어와 있었다. 아바마마가 궁녀를 불러 불을 켜게 했다. 흔들리는 촛불 빛이 어둠을 한 꺼풀 벗겨 냈다.

아바마마와 큰형은 저마다 생각에 잠긴 채 말이 없었다. 선은 아예 불경에서 눈을 떼고 아바마마와 큰형을 바라보고 있었다.

"태자야, 네가 남산성에서 무슨 일을 하고 있는지 아비는 다 알고 있다."

아바마마가 갑작스럽게 말을 꺼냈다. 선은 깜짝 놀랐다.

남산성은 남산에 쌓은 산성이다. 서라벌 동쪽의 명활산성, 서쪽의 선도산성과 더불어 서라벌을 지키기 위해 쌓은 성으로, 군사적으로 아주 중요한 곳이다. 그 곳에는 많은 병기며 군량, 땔감들이 저장되어 있고, 위급한 때를 대비하여 마실 물이며 숙소까지 다 준비되어 있다. 적이 쳐들어와 나라가 위태로울 지경에 이르면 임금과 신하들과 백성들이 그 곳으로 들어가 적을 방어하기 위해서였다.

평소에는 장수와 병사들이 그 곳을 지키면서 국경에 이상이 없는지 늘 감시했다. 만약 서쪽 국경에서 일이 생기면 봉화를 피워 선도산성에 그 사실을 알리고, 동쪽 국경에서 생긴 일도 역시 봉화로 명활산성에 알렸다. 명활산성과 선도산성에서는 국경에서 들어온 소식을 역시 봉화로 남산성에 알리고, 남산성에서는 그 소식을 즉시 반월성의 임금에게 알렸다. 따라서 임금은 궁궐 안에서도 국경의 소식을 환히 알 수 있었다.

그러나 삼국을 통일한 이후에는 오랫동안 평화가 계속되어 남산성은 군량과 무기를 저장해 두는 장소로 더 많이 활용되었다.

그러다 각 지방에서 반란이 일어나고, 나라의 힘이 약해질 대로 약해지자 남산성도 옛 모습을 잃어 가기 시작했다. 지키는 장수와 병사들의 수도 줄어들고, 무기며 군량도 예전처럼 가득 쌓아 둘 수 없었다. 많은 땅을 빼앗기면서 조세를 거두어들일 수 없게 되어 나라 살림이 몹시 어려워졌기 때문이다.

결국 남산성은 있으나마나한 산성이 되어 버렸고, 8년 전 견훤이 쳐들어왔을 때도 아무런 구실을 하지 못해 서라벌은 쑥대밭이 되고 말았다.

그런데 그 남산성에서 큰형은 대체 무얼 한다는 것일까. 남산성에는 그 곳을 지키는 약간의 장수와 병사만이 있을 뿐인데…….

선은 두근거리는 가슴을 억누르며 큰형의 대답에 오롯이 귀를 기울였다.

"소자도 알고 있사옵니다. 아바마마께서 시랑을 통해 소자가 하는 일에 대한 보고를 늘 듣고 계시다는 것을."

선이 짐작한 대로 시랑은 아바마마에게 큰형에 대한 보고를 하기 위해 내전에 자주 드나들었던 것이다.

"허면 왕건이 이 일을 알게 되면 어찌 될지 그것도 잘 알고 있겠구나. 아니 어쩌면 왕건은 벌써 알고 있을지도 모른다. 신라의 태자가 서라벌의 뜻있는 백성들을 모아 나라를 지키기 위한 훈련을 시키고 있다는 것을. 다만 그 수가 별것 아니라고 생각하여 모른 체하고 있는 것인지도 모른다. 허나 네가 남산성의 백성들과 함께 끝까지 고려에 항거한다면 결국 너와 백성들은 모두 죽게 될 것이다. 왕건은 자신에게 항복하는 사람에게는 한없이 너그럽지만, 끝까지 저항하는 사람에게는 결코 인정을 베풀지 않을 것이다. 내가 왕건이라도 그리할 것이니……."

그제야 선은 일이 어떻게 된 것인지 짐작이 갔다.

이미 기울 대로 기운 신라를 지켜 보겠다고 큰형은 스스로 장수가 되어 남산성에서 병사들을 기르고 있었던 것이다.

보통 때 같으면 아무리 태자라 하더라도 임금의 허락 없이 태자 스스로 장수가 되어 병사를 기를 수는 없는 일이었다. 하지만 지금은 보통 때가 아니었기에, 아바마마도 그런 큰형에 대해 모른 체하고 있었는지도 모른다.

백성들…… 백성들은 또 어떤가. 신라에 아무런 희망이 없다고 절망에 빠져 있던 백성들은 태자가 나라를 지키기 위해

의로운 병사들을 모은다는 소문을 듣고 너도 나도 남산성으로 달려왔을 것이다.

큰형은 그 의로운 백성들을 몸소 훈련시키기 위해 그렇게 자주 남산성으로 나갔고, 백성들은 아직도 신라에 희망이 남아 있다고 느끼며 더욱 열심히 훈련했을 것이다.

하지만 백성들이 아무리 열심히 훈련한다 해도 고려나 후백제를 이길 수는 없다. 어린 선까지도 알고 있는, 불을 보듯 뻔한 일이다. 아바마마 말대로 모두 죽게 될 것이다.

선은 저도 모르게 '그건 안 돼!' 라고 소리치고 싶은 것을 꾹 참았다. 절대 참견하지 않겠다고 아바마마와 굳게 약속했으니까.

"태자야, 잘 생각해 보아라. 끝까지 나라를 지키겠다는 그 마음은 아름다운 것이나 결국 그건 헛된 희생일 뿐이다. 난 태자가 이 아비보다 먼저 죽는 것을 원치 않는다. 그건 크나큰 불효이다."

"아바마마, 소자에게는 어버이에 대한 효보다 나라에 대한 충성이 더 소중하옵니다. 소자를 용서하소서."

"허면 그 곳에 모인 가엾은 백성들 생각은 안 해 보았느냐? 그들의 희생 또한 아무 의미도 없는 헛된 희생일 뿐이다."

"그 곳에 모인 백성들은 모두 스스로 원하여 그 곳으로 왔사옵니다. 그들이 원하는 것은 스스로의 자존심을 지키고 나라를 지키는 일이지, 항복하여 편히 사는 것이 결코 아니옵니다. 이 세상 누구든, 자신이 원하는 삶을 사는 것이 진정으로 사는 것이 아니겠는지요?"

잠시 방 안에 가슴을 억누르는 듯한 침묵이 흘렀다. 아바마마도 큰형도 굳게 입을 다물고만 있었다. 선은 숨소리도 크게 내지 못하고 꼼짝도 않고 앉아 있었다.

이윽고 아바마마가 다시 말했다.

"태자는 영웅이 되고 싶은 게로구나. 영웅이 되기 위해 가엾은 백성들을 희생시키려는 게로구나."

아바마마의 목소리는 엄하고 또 차가웠다.

선은 깜짝 놀라 저도 모르게 아바마마와 큰형을 바라보았다. 아직 나이 어린 선이지만 아바마마가 지금 큰형을 나무라고 있다는 것만은 분명히 깨닫고 있었다.

순간 큰형은 고개를 들어 아바마마를 바라보더니 이내 눈길을 아래로 떨구었다.

다시 방 안에 무거운 침묵이 흘렀다.

"대답을 못하는 걸 보니 아비의 짐작이 맞는 모양이구나."

"아바마마의 생각이 그러하시다면, 어찌 감히 소자가 아바마마의 생각이 틀렸다고 말씀드릴 수 있겠사옵니까? 다만 소자는 신라의 진정한 태자가 되고자 원할 뿐이옵니다. 그뿐이옵니다."

큰형의 목소리는 차분하게 가라앉아 있었지만, 어딘지 모르게 말간 슬픔 같은 것이 어려 있었다. 선은 그것이 가슴아팠다.

"아비도 아비의 생각이 틀렸기만을 바라고 있느니라."

아바마마가 조금 누그러진 목소리로 말했다.

그 뒤 선은 아바마마와 큰형과 함께 저녁을 먹었다. 아바마마와 큰형은 입맛이 없는지 조금밖에 들지 않았다. 선도 덩달아 입맛을 잃어, 일찍 상을 물렸다.

저녁상을 물린 뒤, 아바마마가 술을 내오라고 일렀다. 궁녀가 잣술을 내왔다. 잣술은 아바마마가 즐겨 드시는 술이었다.

신라 땅에는 잣나무가 많다. 궁궐 뜰에도 잣나무가 심어져 있는데, 그 잣나무에는 신기한 이야기가 전해 오고 있다.

34대 임금인 효성왕이 태자로 있을 때의 일이었다. 어느 날 태자가 궁궐 뜰 잣나무 아래서 어진 선비인 신충과 바둑을 두며 신충에게 이렇게 약속했다.

"내 다음에 임금이 되면 결코 그대를 잊지 않겠다. 이 잣나무에 맹세한다."

몇 달 뒤 태자는 왕이 되었다. 왕은 그 동안 공이 있는 신하들을 불러 벼슬을 주었는데, 신충을 깜박 잊고 그 자리에 부르지 않았다.

신충은 그 일이 너무 서운하고 슬퍼 다음과 같은 노래를 지어 궁궐 뜰의 잣나무 아래에서 불렀다.

'무성한 잣나무 가을이 와도 시들지 않듯이
너 너를 잊지 않으리' 하시던
우러러 뵙던 그 낯빛 변하셨구나
달 그림자가 흘러가는 못의 물결 그리워하듯
님의 모습 그리나니
야속한 세상이여
님은 어찌 나를 잊으셨는가

임금을 그리워하는 신충의 마음이 너무 절절한 때문이었을까? 신충이 노래를 지어 부르자 잣나무는 누렇게 시들어 버리고 말았다.

뜻밖에 잣나무가 시들자 이를 이상하게 여긴 왕이 사람을 시켜 사실을 조사하게 하였고, 신충의 노래 때문이란 사실이 밝혀졌다. 왕은 신충이 지은 노래를 듣고는 그제야 자신이 약속을 지키지 않았음을 깨닫고 신충을 불러 벼슬을 내렸다. 그러자 궁궐 뜰의 잣나무가 다시 파랗게 되살아났다.

선은 그 이야기를 처음 들었을 때 정말 노래 때문에 잣나무가 시들었다고는 생각지 않았다. 그건 그냥 전해 오는 이야기일 뿐이고, 찬 서리에도 시들지 않는 잣나무가 노래 때문에 시든다는 것은 아무래도 있을 수 없는 일 같았다.

하지만 큰형은 정말 그럴 수도 있다고 했다.

"사람의 마음이 간절하면 그 마음이 왜 나무에겐들 통하지 않겠니? 삼라만상에 다 저 나름대로 마음이 있고, 사람의 마음이 한없이 간절하면 그 무엇에든 그 마음이 이르게 되는 법이다."

잣나무는 신충의 노래뿐 아니라 찬기파랑가에도 나온다. 그래서 큰형이 잣나무를 좋아하는 것인지도 모르지만…….

선도 잣나무를 좋아하지만, 잣이 들어간 음식을 더 좋아했다. 물론 술은 빼놓고. 신라 잣은 특히 맛이 좋아 당나라에서도 신라 잣을 최고로 친다고 했다. 그래서 신라 잣을 따로 '신라송자'라고 구분하여 부른다고 했다.

그 신라 잣으로 담근 잣술을 큰형이 먼저 아바마마의 술잔에 따르자, 아바마마가 이어 큰형 잔에 술을 따라 주었다.

"자, 마시자꾸나."

아바마마가 먼저 술을 들자 큰형도 고개를 옆으로 돌리며 조심스레 술을 마셨다. 선은 궁녀가 따로 내다 준 차를 마셨다.

선은 술을 마시면 그 맛이 어떨까 잠시 생각해 보았다. 술에 취하면 기분이 좋아진다는 얘기는 어른들에게 여러 번 들은 적이 있었다.

하지만 오늘 저녁엔 술을 마셔도 기분이 조금도 나아지지 않는 듯 아바마마는 이내 술상을 치우게 했다.

선은 큰형과 함께 어마마마에게 가 저녁 인사를 드린 다음 내전을 물러나왔다. 내관이 등불을 들고 길을 밝혀 주었다.

밤 하늘에는 아직 달이 뜨지 않아 별떨기만 찬란하게 빛을 내뿜고 있었다. 이즈음 달은 모두가 잠든 깊은 밤중이 되어야만 저 혼자 조용히 뜨는 것이다.

밤 바람이 제법 차가웠다. 마음도 덩달아 싸늘해졌다.

큰형은 앞장 서서 말없이 걷기만 했고 선도 조용히 뒤따라갔다. 동궁전에 이를 때까지 큰형은 한 마디도 하지 않았다.

"태자전하, 편히 주무십시오."

동궁전 앞에서 선이 인사하자 그제야 큰형이 다정하게 대답했다.

"그래, 너도 잘 자라."

선은 제 처소로 돌아와 자리에 누웠으나 좀처럼 잠이 오지 않았다.

아까 아바마마와 큰형이 나누던 이야기가 자꾸 생각났다.

거세고 찬 바람 앞에

아니 이야기를 나눈 것이 아니라 서로의 생각을 밝혔다고 말하는 것이 옳다. 아바마마는 큰형에게, 큰형은 아바마마에게 서로 다른 생각을 말했을 뿐이다.

아바마마와 큰형은 신라가 지금 위기에 처해 있다는 점에서는 생각이 같았지만, 그에 대처하는 방법은 전혀 달랐다.

큰형은 백성들과 함께 끝까지 싸우겠다고 했다. 선이 생각해도 전혀 이길 가능성이 없는 싸움을.

그러나 아바마마는 고려와 싸우지는 않을 것 같았다. 왕건이 고려를 세운 이래로 신라는 고려와 화친하여 후백제가 쳐들어오면 늘 고려의 도움을 받지 않았던가.

그런 고려와 새삼 싸울 것 같지는 않고, 그렇다고 신라가 소생할 가망도 없으니 어쩌면 아바마마는 왕건에게 항복할지도 모른다.

왕건을 믿을 만한 사람이라고 생각했다는 아바마마의 말이 새삼 귓가에 되살아났다.

그건 결국 아바마마가 왕건에게 항복하겠다는 뜻을 넌지시 큰형에게 알려 준 것인지도 모른다. 굳이 왕건과 싸우려는 큰형에게 그 사실을 알려 큰형과 백성들이 아까운 목숨을 잃지 않도록 하기 위해서.

선은 문득 아바마마가 왜 오늘 저를 그 자리에 있게 했는지 알 것 같았다.

'그래, 아바마마는 내가 태자 형님에게 매달려 부탁해 보기를 바라고 계신 거야. 아바마마께는 고집을 부렸지만, 내가 진심으로 부탁하면 태자 형님이 어쩌면 마음을 돌릴지도 모르잖아.'

굳이 아바마마의 바람이 아니더라도, 선은 큰형에게 매달려 부탁하고 싶었다. 어떤 일이 있어도 선은 큰형을 잃고 싶지 않으니까.

선은 자리에서 벌떡 일어나, 옷을 다시 입고 동궁전으로 달려갔다.

다행히 큰형의 방문에는 밝은 불빛이 어려 있고, 시종 둘이 문 앞에서 지키고 서 있었다. 차대사는 자신의 처소로 돌아간 모양이었다.

"태자전하, 막내왕자마마께서 뵙기를 청하십니다."

"밤이 늦었으니, 오늘은 그냥 돌아가라고 일러라."

방 안에서 흘러나오는 큰형의 목소리는 구름 낀 하늘처럼 나지막하게 가라앉아 있었다. 그건 큰형의 마음 또한 그러하다는 뜻이기도 할 것이다.

하지만 선은 그냥 돌아갈 수 없었다. 시종을 통하지 않고 방 안을 향해 직접 말했다.

"태자전하, 잠시면 됩니다. 잠시만요."

그러나 큰형은 선에게 직접 대답하지 않고 시종에게 엄히 말했다.

"혼자 조용히 있고 싶으니 어서 돌아가라고 일러라."

"왕자마마, 제발 돌아가십시오. 태자전하께서 안 된다고 하시지 않습니까. 그러니 어서……."

시종이 어쩔 줄 몰라 선을 달래려 애썼지만 선은 꼼짝도 하지 않았다. 큰형에게만 고집이 있는 것은 아니니까.

"태자전하께서 들어오라고 하실 때까지 밤새도록 여기 서 있을 겁니다. 만나 주시기 전에는 결코 돌아가지 않겠습니다."

방 안에서는 아무 대답이 없었다. 한껏 당긴 활시위 같은 팽팽한 침묵이 흘렀다.

갑자기 다가오는 발소리가 들리더니 방문이 열렸다.

"들어오너라."

불빛을 등지고 있어서 큰형의 표정을 자세히 살필 수는 없었지만, 목소리로 미루어 화가 난 것 같지는 않았다.

선은 방으로 들어가 큰형과 마주 앉았다.

"그래, 내게 할 얘기가 무엇이냐?"

"태자전하, 제가 태자전하를 얼마나 좋아하는지 잘 알고 계시지요? 전 태자전하와 헤어지는 건 싫습니다. 언제까지나 태자전하 곁에서 살고 싶습니다."

"네가 언제까지나 내 곁에서 살 수는 없다. 네가 커서 어른이 되면 장가도 가야 하고, 그 때는 자연히 새로 생긴 식구들과 살게 되는 거다. 그만한 일은 너도 알고 있을 게 아니냐."

"제가 말하는 건 그런 게 아니라……."

문득 선은 목이 메어 더 이상 말을 이을 수가 없었다. 큰형을 영원히 만나지 못한다는 것은 생각만 해도 가슴이 미어지는 일이었다. 선의 두 눈에 눈물이 핑 돌았다.

큰형이 선을 그윽히 바라보았다. 선은 큰형에게 눈물을 보인 것이 부끄러워 고개를 아래로 떨구었다. 눈물 한 방울이 아래로 툭 떨어졌.

선은 눈을 깜박거리며 마음을 가라앉히려 애썼다. 큰형에게 또다시 눈물을 보이고 싶지 않았다.

"네가 무슨 말을 하려는 건지, 선아 나도 잘 알고 있다. 허나 선아, 신라를 위해 싸우려는 사람이 아무도 없다면, 모두가 왕건에게 항복하여 편히 살기만을 바란다면 훗날 누가 신라를 기억해 주겠니? 신라의 천 년 사직을 누가 아쉬워해 주겠느냐?"

선은 큰형이 하는 말의 뜻이 무엇인지 헤아리기가 어려워 아무 대답도 못하고 잠자코 있었다.

"선아, 이기고 지는 것은 그리 중요한 것이 아니다. 중요한 것은 그 정신이, 혼이 살아 있는 것이다. 신라가 망한다 해도 신라의 정신이 살아 있다면, 신라는 언제까지나 기억될 것이다. 그러나 망하기도 전에 모두 항복하여 신라의 혼까지도 죽어 버리고 만다면 신라의 멸망을 가슴아파하는 사람은 아무도 없을 것이다. 네가 좀더 자라 어른이 되면 그 땐 내 말을 이해하게 될 것이다."

선은 어렴풋하게나마 큰형의 말뜻을 알 것도 같았지만, 그러나 어떤 일이 있어도 큰형을 잃고 싶지는 않았다. 선은 억지로 떼를 써 보았다.

"아니어요. 어른이 되어도 전 그 말뜻을 모를 거여요. 태자 전하께서 늘 제 곁에서 가르쳐 주시지 않으면 전 아무것도 모를 거여요."

"난 널 믿는다. 네가 날 실망시키지 않으리란 것을."

선은 할 말을 잃었다. 큰형의 말은 과녁의 한가운데를 정확하게 맞춘 화살처럼 단숨에 선의 마음을 꿰뚫어 말문을 막아 버리고 말았다.

하지만 슬픔을 참을 수가 없었다. 큰형은 결국 백성들과 함께 남산성에서 죽고 말리라. 아무리 큰형이 보고 싶어도 만날 수도 볼 수도 없으리라.

참았던 눈물이 다시 솟구쳤다. 고개를 아래로 떨구자 눈물이 뺨을 타고 흘러내렸다.

큰형이 수건을 건네 주었다. 선은 얼른 수건으로 눈물을 닦았다.

"울지 말아라, 선아. 넌 환하게 웃는 모습이 아주 예쁘단다. 언제 좋은 날 널 남산성에 데리고 가마. 남산성에 모인 백성들이 얼마나 열심히 훈련을 받는지, 그 모습을 직접 보면 너도 느끼는 것이 많을 거다."

큰형의 말은 따뜻하면서도 힘이 깃들어 있어서 선은 마음이 차분하게 가라앉았다. 아무래도 자신이 지나친 생각을 한 것 같았다. 왜 큰형이 죽고 말 거라는 엉뚱한 생각을 한 것인지 알 수 없었다.

고려는 신라와 친하니까 언제까지나 이대로 그냥 살 수도 있지 않을까. 아니 분명 그럴 것이다. 아바마마와 어마마마, 큰형과 다른 형들과 함께 여기 궁궐에서 언제까지나…….

무엇보다 큰형과 함께 남산성에 가게 된 일이 기뻤다. 큰형이 궐 밖에 나가 무슨 일을 하는지 얼마나 알고 싶어했던가. 그런데 큰형과 함께 그 곳, 남산성에 가게 된다!

"정말 데리고 가 주시는 거지요? 약속하신 것이지요?"

큰형이 웃으며 고개를 끄덕였다.

"그래, 곧 데려가마. 이제 그만 가서 자거라. 밤이 늦었다."

거세고 찬 바람 앞에

선은 나는 듯이 제 방으로 달려와 다시 자리에 누웠다. 아직도 달이 뜨지 않아 사방은 어두웠지만, 선의 마음 속에는 이미 달이 떠올라 환했다.

어서 그 날이 왔으면 싶었다. 큰형과 함께 남산성으로 가는 그 날이.

하품이 났다. 온몸이 따뜻하고 나른해지면서 기다렸다는 듯 잠이 밀려왔다. 그 잠 속으로 빠져들면서 선은 남산성으로 데려가겠다는 큰형의 말을 마음 속으로 되뇌고 또 되뇌었다.

남산성에서

나뭇잎 사이로 비치는 햇살이 투명했다. 절기는 어느 새 겨울의 문턱인 입동절에 와 있지만, 서라벌은 남쪽이어서 그런지 아직도 햇살은 초가을 마냥 따스했다. 더구나 오늘은 유난히 날씨가 화창하고 바람도 온화했다.

선은 큰형 옆에 앉아서 병사들의 무예 시합을 지켜보고 있다. 지금은 칼쓰기 시합이 한창이다. 칼쓰기에 뛰어난 두 병사가 나와 검법을 겨루고 있다. 칼날이 부딪치는 쨍쨍한 쇳소리가 경쾌하게 새파란 하늘 저편으로 메아리쳤다.

큰형과 함께 남산성에 와서 이렇게 나란히 앉아 있다는 것이 아무래도 꿈만 같았다.

"내일 남산성에서 무예 시합을 열기로 했다. 병사들이 그 동안 갈고 닦은 실력을 서로 겨루어 보는 것이다. 시합이 끝난 뒤에는 잔치도 한다. 너도 데려가마. 아바마마께는 내가 벌써 허락을 받아 두었다. 새벽에 떠날 거니까 일찍 일어나도록 해라."

어제 저녁 큰형에게서 그 말을 들었을 때, 선은 너무나 기뻐 한동안 아무 말도 못하고 있다가 겨우 이렇게 되물었다.

"저, 정말이어요, 태자전하?"

큰형이 웃으며 고개를 끄덕였다.

"내일 입고 갈 옷이며 신발을 미리 다 준비해 놓도록 해라. 옷차림은 간편할수록 좋다. 말도 타고 산성도 돌아다니려면 궁궐에서 입는 옷은 너무 거추장스러울 것이다. 사냥 나갈 때와 같은 옷차림이 좋을 것이다."

선은 궁녀에게 내일 입고 갈 사냥복이며 신발을 챙겨 놓으라고 일렀다.

그런 다음 다른 날보다 일찍 잠자리에 들었지만 좀처럼 잠이 오지 않았다. 밤새 잠을 설치다가 새벽녘에야 겨우 잠이 들었다. 그 바람에 늦잠을 잤다. 궁녀가 깨우는 소리를 듣고서야 겨우 일어날 수 있었다.

큰형은 선이 왜 늦잠을 잤는지 알고 있다는 듯, 그 일로 선을 나무라지는 않았다. 선은 큰형을 보기가 민망했지만 서둘러 모든 준비를 마친 다음, 큰형과 상덕과 함께 말을 타고 궁궐을 나와 남산성을 향해 달렸다.

반월성을 끼고 흐르는 남천에는 아침 안개가 자욱이 깔려 있어 주위 풍경이 신비하게 보였다. 다리 위를 달리는 말발굽 소리가 무척 경쾌했다.

남산성은 반월성에서 그리 멀지 않아 얼마 뒤 선은 남산성에 도착했다. 말로만 듣던 남산성을 처음 보는 순간, 선은 가슴이 설레었다. 큰형이 그토록 자주 가는 곳이 남산성이라는 사실을 알고 나서부터 얼마나 이 곳에 와 보고 싶었던가.

그 둘레가 십 리나 되는 남산성은 남산신성이라고도 하는데, 4백여 년 전 진평왕 13년에 각 지방에서 백성들을 뽑아 올려 단단하게 쌓은 성이다. 전돌 모양으로 반듯하게 다듬은 성벽의 돌 하나하나가 백성들의 정성을 보여 주는 듯했다.

큰형을 따라 성 안으로 들어간 선은 먼저 병사들의 훈련장으로 갔다. 그 곳에서는 무예 시합을 위한 준비가 한창이었다. 장수와 병사들이 선을 따뜻하게 맞아 주었다. 더 기뻤던 것은 큰형이 선을 '가장 사랑하는 아우'라고 장수와 병사들에게 소개한 일이었다.

그 말을 들었을 때의 기쁨이 아직도 마음 속에 생생하게 남아 있다.

그 다음에 큰형은 선에게 커다란 창고들을 보여 주었다. 선은 남산성과 성 안의 큰 창고에 대해 들은 바 있었지만 직접 와서 보기는 이번이 처음이었다.

삼국 통일을 이룩한 문무왕 때 지었다는 창고는 모두 세 개다. 창고는 셋 모두 그 아래쪽으로 바람이 통하는 다락식 건물인데, 지붕에는 화려한 꽃무늬 기와가 얹혀 있다. 창고의 이름은 있는 자리에 따라 맨 왼쪽에 있는 창고는 좌창, 거기서 조금 떨어진 곳에 있는 가운데 창고는 중창, 또 조금 떨어진 곳에 있는 오른쪽 창고는 우창이라 부른다.

좌창과 우창은 무기 창고이고 중창은 군량 창고인데, 무기 창고의 무기들은 백성들이 훈련하는 데 쓰고 있기 때문에 절반 가량이 비어 있었다. 반면, 중창에는 생각보다 많은 곡식이 저장되어 있었다.

"백성들이 나라를 지키기 위해 남산성에서 훈련을 하고 있다는 사실이 알려지자, 서라벌의 뜻있는 사람들이 스스로 곡식을 가져와 저렇게 창고 가득 쌓인 것이다. 나라를 사랑하는 백성들의 마음이 저러한데 어찌 신라에 미래가 없다고 하겠느냐."

큰형이 그렇게 말하자 상덕이 덧붙여 설명해 주었다.

"사람들이 양식을 가져오고 이처럼 많은 백성들이 병사가 되겠다고 모여들기 시작한 것은 태자전하께서 친히 병사들을 훈련시키면서부터입니다."

이어 상덕은 그 동안의 이야기를 선에게 자세하게 들려주었다. 선이 그 일에 대해 몹시 궁금해하고 있다는 것을 알고 있었다는 듯이.

큰형이 남산성의 병사들을 직접 훈련시키기로 결심한 것은 지난해 봄의 일이었다. 한 나라의 태자로서 나라가 무너져 가는 것을 더 이상 지켜볼 수만은 없다는 생각에서였다.

큰형은 훈련을 시작하기에 앞서 먼저 식량부터 모으기 시작했다. 아무리 뜻이 좋아도 병사들을 배불리 먹이지 않고는 제대로 훈련시키기가 어려웠기 때문이다.

큰형은 우선 아바마마께 나라에서 산성에 지급하는 식량을 최대한 늘려 달라고 청했다. 또한 대신들에게서도 식량을 모을 것이며 자신이 직접 남산성에 나가 그 일을 지휘하겠다고 말씀드렸다.

몸소 병사들을 훈련시키겠다는 말은 물론 하지 않았다. 아바마마께서 허락하지 않을 것이 분명했기 때문이다.

아바마마는 큰형이 청한 모든 것을 선선히 허락했다.

"태자의 뜻이 그러하다면 그리하라. 허나 다른 나라의 오해를 사는 일을 해서는 결코 아니 되느니라."

그 다른 나라는 물론 왕건의 고려를 가리키는 것이었다. 아바마마는 그 때 이미 큰형의 속마음을 꿰뚫어보았던 것이다.

그 때부터 큰형은 남산성에 자주 나가 창고 속에 있는 무기들을 정비하도록 했고, 식량 모으는 일을 지휘했다.

맨 먼저 큰형을 따르는 진골 청년들이 식량을 가져왔다. 이어 뜻있는 대신들이 식량을 내놓았고, 나중에는 여유가 있는 평민들까지도 적은 양이나마 정성을 보탰다.

식량이 웬만큼 모이자 큰형은 몸소 훈련을 시작했고, 모자라는 병사들도 모집했다. 태자가 직접 산성의 병사들을 지휘한다는 소문을 듣고 많은 백성들이 모여들었다.

그 중에는 물론 배가 고파서 병사가 되면 배불리 먹을 수 있다는 이유 때문에 산성으로 찾아온 백성도 적지 않았다.

그러나 그런 백성들도 큰형에게서 훈련을 받는 사이에 참다운 신라의 병사가 되었다.

큰형은 그들에게 말했다.

"신라를 사랑하는 그대들의 뜨거운 마음이 있는 한 신라는 결코 망하지 않으리라. 설령 천명이 다해 신라가 멸망한다 하더라도, 신라의 얼은 죽지 않으리. 그대들이 신라와 명운을 함께 하기 위해 이 산성으로 왔듯이, 태자인 나 또한 그대들과 명운을 함께 하리라."

선은 상덕의 말을 들으면서 가슴이 뭉클했다. 큰형과 산성의 장수와 병사들 모두가 다 죽을지도 모른다는 생각을 하니 가슴이 꽉 메었다.

선은 얼른 고개를 저었다. 큰형과 함께 하는 기쁜 날, 그런 슬픈 생각은 하고 싶지 않았다.

그 때 병사 하나가 달려와 무예 시합 준비가 끝났음을 알렸다. 선은 큰형과 함께 훈련장에 마련된 자리에 가서 앉았다.

'휘이익.'

칼날이 바람을 가르는 소리가 마치 휘파람 소리 같았다. 한 병사가 날카롭게 공격하자 상대편 병사가 나는 듯한 날쌘 몸짓으로 막아 냈다. 공격하는 편이나 막아 내는 편이나 그 몸놀림이 한결같이 날카로우면서도 부드러워 마치 칼싸움이 아니라 더불어 칼춤을 추는 것처럼 보였.

본국검이라고도 하고 신라검 또는 줄여서 신검이라고도 부르는 이 검법은 신라에서 만든 독특하고 뛰어난 검법이었다.

본국검의 검법을 만든 사람은 황창이라는 화랑이라고 큰형이 가르쳐 주었다. 황창랑은 그 뛰어난 칼솜씨를 나라를 위해 쓰기 위해 백제로 갔다. 그 때는 신라와 백제가 한창 싸우던 때라 황창랑은 신라를 위해 백제왕을 죽일 결심을 했던 것이다.

황창랑은 백제의 서울 장터에서 본국검으로 칼춤을 추었다.

그 검법에는 춤처럼 우아한 동작이 많았기 때문에 백제 사람들은 황창랑을 조금도 의심하지 않았다. 오로지 그 아름다움과 빼어난 동작에 감탄할 뿐이었다. 더 많은 사람들이 황창랑의 신묘한 칼춤을 구경하기 위해 장터로 몰려들었다.

황창랑의 칼춤에 대한 소문은 백제왕에게까지 알려졌다. 왕은 황창랑을 궁으로 불러 왕 앞에서 칼춤을 추게 했다. 황창랑이 한참 칼춤을 추다가 별안간 백제왕에게 달려들어 왕을 찌르려 했다.

그러나 왕 곁에서 왕을 호위하던 무사가 눈치를 채고 황창랑을 한 발 먼저 공격했다. 결국 황창랑은 사로잡혀 죽임을 당하고 말았다.

신라 사람들은 황창랑의 장한 죽음을 슬퍼하면서 그가 춘 칼춤의 모양을 일일이 그림으로 그려 후세에 전하게 했다. 그것이 바로 본국검이었다.

그 뒤 본국검은 주로 화랑들과 왕족, 대신들 사이에서 전해 내려왔다.

큰형은 어려서부터 상덕과 함께 그 검법을 익혔고, 선에게도 직접 가르쳐 주었다. 산성의 병사들에게도 아마 큰형이 직접 그 검법을 가르쳐 주었으리라.

선은 큰형에게서 본국검을 배우던 그 때가 그리웠다. 본국검의 기본 자세와 동작은 선도 다 익혔지만 연습을 많이 하지 않아서 칼놀림이 익숙하지도, 춤처럼 우아하지도 못했다. 큰형이 몸소 보여 준 본국검은 얼마나 멋있었던가. 그 멋진 모습을 다시 한 번 보고 싶었다.

이윽고 칼쓰기 시합이 끝나고, 장원이 정해졌다.

그 다음은 활쏘기 시합이었다. 병사들 중에서 특별히 뽑힌 활 잘 쏘는 병사 열 명이 차례로 나와 과녁을 향해 활을 쏘았다. 화살은 공기를 가르며 재빠르게 날아가 과녁의 중앙에 꽂혔고, 그 때마다 병사들 사이에서는 함성이 일어났다.

그 함성에 섞여 언젠가 큰형이 들려 준 이야기가 귓가에 되살아났다.

"예전에 신라에 구진천이라는 활 잘 만드는 이가 있었다. 구진천이 만든 활은 한 번 쏘면 그 화살이 천 걸음이나 날아갔다."

구진천은 문무왕 때 사람으로 그 벼슬이 사찬이었다. 활 만드는 재주가 뛰어났던 구진천은 더 강한 활을 만들기 위해 밤낮없이 연구한 끝에 마침내 한 번 쏘면 천 걸음 떨어진 곳의 목표물을 맞힐 수 있는 놀라운 활을 만들었다. 신라 말로는 그 활을 '쇠뇌'라고 했고, 한자로는 '천리노(千里弩)'라고 했다.

구진천이 만든 활은 신라가 백제와 고구려를 무찌르고 삼국을 통일하는 데 큰 도움이 되었으며, 당나라에까지 그 명성을 떨치게 되었다.

당나라 고종은 그 활이 탐나 문무왕에게 사신과 국서를 보내 구진천을 당나라로 초청하였다. 신라가 당나라의 힘을 빌어 삼국 통일을 이룩한 그 다음 해의 일이었다.

조정 대신들은 하나같이 구진천을 당나라에 보내서는 안 된다고 반대하였다.

그 때 당나라는 신라의 삼국 통일을 도와 준 것을 구실로 고구려와 백제의 옛 땅을 점령하고 도독부를 설치하여 그 땅을 다스리고 있었다. 그러다 때를 보아 신라까지 멸망시켜 삼국의 옛 땅을 송두리째 차지할 야심을 품고 있었다.

문무왕은 당의 그 속셈을 뻔히 알고 있었지만, 당장은 힘이 없었으므로 당과 친선을 유지하면서 안으로는 힘을 기르고 있었다. 신라가 완전한 삼국 통일을 이루기 위해서는 머지않아 당과 한판 싸움을 벌여 도독부와 당의 세력을 완전히 몰아내야만 했다.

그러한 때 구진천을 당나라에 보낸다는 것은 당이 신라를 치도록 도와 주는 것이나 마찬가지였다. 대신들이 반대하는 것은 당연한 일이었다.

그러나 구진천을 보내지 않을 수도 없는 노릇이었다. 당나라 세력을 완전히 몰아낼 수 있는 힘을 기를 때까지는 당과 친

선을 유지하는 편이 신라에 이로웠기 때문이다.

구진천은 걱정스러워하는 문무왕에게 말했다.

"대왕마마, 신을 믿고 당나라로 보내 주옵소서. 어디에 가 있든 신은 신라 백성임을 잊지 않을 것이옵니다."

마침내 구진천은 당나라로 갔다. 당 고종은 몹시 기뻐하며 구진천에게 후한 상을 내린 후 활을 만들게 했다.

구진천은 곧 활을 만들어 주었다. 당 고종은 얼른 활을 쏘아 보았는데, 그 화살은 삼십 걸음밖에 날아가지 않았다. 당 고종은 의심스럽다는 듯 구진천을 보며 말했다.

"이게 어찌된 일인가. 신라에서는 천 보나 날아간다는 화살이 여기서는 겨우 삼십 보를 가고 말다니?"

"아마도 만드는 재료가 달라서 그런가 봅니다. 신라 나무를 구해 주시면 똑같은 활을 만들어 바치겠습니다."

당 고종은 다시 신라에 사신과 국서를 보내 신라 나무를 구해 오게 했다. 구진천은 신라 나무로 다시 활을 만들었는데, 이번에는 화살이 육십 보밖에 날아가지 않았다.

"한 사람의 솜씨로, 똑같은 재료로 만든 활이 어째서 이렇게 다르단 말인가? 일부러 그러는 것이 아닌가?"

"제 생각으로는 나무가 바다를 건너오는 동안 습기가 차서 제 구실을 다 하지 못한 것 같습니다."

그제야 당 고종은 구진천에게 속은 것을 알고는 크게 노하여 소리쳤다.

"이제 보니 네가 일부러 천리노를 만들지 않았구나. 감히 나를 속이다니, 용서할 수 없다. 허나 네가 지금이라도 잘못을 뉘우치고 천리노를 만든다면 목숨만은 살려 줄 것이니, 어떠냐? 다시 한 번 활을 제대로 만들어 보겠느냐? 천리노만 만들어 주면 네게 큰 벼슬과 상을 내리겠다."

"차라리 저를 죽여 주십시오. 활을 만드는 것보다 죽는 것이 더 낫습니다."

"사람은 누구나 죽음보다는 살기를 원한다. 너는 어찌하여 죽기를 바란단 말이냐?"

"저는 신라 백성이지 당의 백성이 아닙니다. 또한 쇠뇌는 신라 무기이지 당의 무기가 아닙니다. 제가 쇠뇌를 만들 때, 이 활은 오로지 신라를 위해서만 만들 것이라고 스스로에게 맹세한 바 있습니다. 어찌 제 한 목숨 살고자, 또한 부귀 영화를 누리고자 내 나라 내 백성에게 해가 되는 일을 할 수 있겠습니까? 차라리 깨끗하게 죽어 신라의 귀신으로 돌아가겠습니다."

당 고종은 구진천의 곧은 마음에 감탄하고, 또 천리노가 탐이 나서 구진천에게 큰 벌을 내리지는 않았다. 그 뒤에도 당 고종은 구진천을 달래기도 하고 겁을 주기도 하였지만, 구진천은 끝내 천 걸음이나 날아가는 천리노를 만들지 않았다.

그 때문에 구진천은 신라로 돌아오지 못했다. 당 고종은 구진천이 신라로 돌아가 천리노를 만들 것을 두려워해 구진천을 내내 당나라에 잡아 두었다. 죽은 다음에야 구진천은 그 혼백이나마 신라로 돌아올 수 있었다.

나라를 사랑하는 구진천의 그 마음이 참으로 아름답다고 선은 새삼 생각했다. 하지만 구진천의 삶은 너무 쓸쓸했던 것 같다. 그 빼어난 재주를 다 써 보지도 못하고 가슴에 품었던 큰 뜻을 펼쳐 보지도 못한 채 남의 땅에서 외롭게 죽어 갔으니까.

이 곳 남산성에 모인 백성들이 신라를 생각하는 마음 또한 구진천 못지않을 것이다. 그러나 저들은 앞으로 어떻게 될 것인가? 그리고 큰형은……

그 생각을 하자 선은 가슴이 서늘해지는 것 같았.

갑자기 "와아." 하고 함성이 일었다. 한 병사가 연속 세 번을 과녁 한가운데에 명중시켰던 것이다. 잠시 다른 생각을 했던 선은 다시 병사들의 무예 시합에 빠져들었다.

이윽고 활쏘기 시합이 끝나고, 창 시합이 이어졌다. 그 뒤 몇 가지 시합을 더 한 후에 무예 시합이 끝났고, 큰형은 각 부문에서 장원으로 뽑힌 사람들에게 상을 내렸다. 이어 잔치 준비가 시작되었다.

"잔치 준비가 끝날 때까지 우리는 남산성을 둘러보자꾸나."

큰형은 차대사 상덕에게 해야 할 일을 지시하고는 앞장서서 산성 위쪽으로 올라가기 시작했다. 선은 서둘러 큰형을 따라갔다.

큰형은 산길에 익숙한지 걸음걸이가 마치 나는 듯했다. 하지만 선은 궁궐 안에서만 지냈기 때문에 산길을 걷기가 쉽지 않았다. 큰형을 따라가려고 하면 할수록 자꾸 뒤처지고 숨이 찼다.

앞서 가던 큰형이 문득 뒤돌아보더니 발걸음을 늦추고 선의 발걸음에 맞추어 천천히 걷기 시작했다. 선은 그런 큰형이 고마웠다.

산길에는 낙엽이 수북이 쌓여 있어 밟을 때마다 푹신했다. 바삭거리는 그 소리가 마치 낙엽이 무어라고 소곤소곤 말을 거는 것만 같았다. 해는 어느 새 서쪽을 향하고 있어서 나뭇잎 사이로 햇살이 비스듬히 비쳤다.

한참 뒤 큰형은 산성 높은 곳 바위 봉우리 위에 올라섰다. 선도 따라 그 바위 봉우리에 올라섰다.

"여기가 해목령이다. 바위 모양이 마치 게눈과 같아서 게눈 바위, 해목령이라고 부르는 것이지. 여기 서면 궁궐과 도성이 한눈에 내려다보인다. 마주 보이는 저 곳이 바로 반월성이다.

바로 위쪽에 망대가 있는데 군사들이 날마다 망을 보고 있다. 다른 산성에서 봉화가 오르는지, 궁궐에는 별일이 없는지 살펴보는 것이지."

선은 아래쪽을 내려다보았다. 먼저 남산이 한눈에 들어왔다. 붉게 물든 고로쇠나무의 손바닥 같은 잎이 화사한 햇살 아래 봄꽃보다 더 고왔다. 노랑, 빨강, 갈색으로 물든 잎들이 늘푸른나무의 푸른빛과 보기 좋게 어울려 남산은 그림보다 더 아름다웠다.

남산 저 아래쪽에는 서라벌 거리가 꿈결처럼 아득하게 펼쳐져 있었다. 큰형 말대로 반월성이 바로 이 해목령을 마주 보고 있었다.

'여기서 이렇게 내려다보니까 궁궐이랑 도성이 정말 멋지구나. 태자 형님은 자주 이 곳에서 궁궐을 내려다 보셨겠지?'

선은 고개를 돌려 큰형을 바라보았다. 큰형은 깊은 생각에 잠긴 듯한 얼굴로 반월성을 내려다보고 있었다.

큰형은 검법을 연습할 때 입는 간편한 옷을 입고 가죽으로 만든 관모를 쓰고 있었다. 관모 양 옆에는 화랑들처럼 꿩의 깃털을 꽂았고, 허리에는 금띠 대신 긴 칼을 옆에 차고 있었다. 큰형의 그 모습이 마치 싸움터에 나간 장군처럼 위엄 있어 보였다.

새파란 하늘과 황금빛 햇살 때문일까? 선은 갑자기 큰형의 그 모습이 눈부셨다. 마치 하늘을 향해 우뚝 선 한 그루 나무처럼.

하지만 혼자 서 있는 나무는 어쩐지 외로워 보인다. 예쁜 새라도 날아와 깃들인다면 정말 좋으련만.

홀연 선의 머리에 생각 하나가 떠올랐다.

"태자전하, 한 가지 물어 보고 싶은 것이 있어요."

"말해 보려무나."

"장수나 병사들의 누이가 이 산성으로 찾아오는 일은 없나요?"

"한 달에 한 번씩 장수와 병사들이 식구들을 만나는 날이 있다. 그런 날이면 장수와 병사들의 누이뿐 아니라 아버지와 어머니, 아내 모든 식구들이 다 오지."

"장수나 병사들의 누이 중에는 아름다운 처녀도 있겠지요? 토함산에서 솟아오르는 아침 해와 같은 처녀 말이어요. 태자전하께서도 보신 적 있으셔요?"

큰형이 선을 돌아보더니 피식 웃었다.

"대체 네가 알고 싶은 것이 무엇이냐? 그렇게 빙빙 돌려 말하지 말고 솔직하게 물어 보려무나."

큰형에게 또 들키고 말았다. 말 뒤편에 숨어 있는 마음을.

"사실은 그 처녀들 중에서 어떤 아리따운 처녀가 태자전하를 사모하지는 않나 하는 생각이 들어서……."

큰형이 유쾌하다는 듯 소리내어 웃더니 선을 다정하게 바라보았다.

"하하하……. 넌 어린아이가 별 생각을 다하는구나. 그게 네 귀여운 점이기도 하지만."

큰형이 바위 아래로 내려서면서 말을 이었다.

"저쪽에 돌샘이 있다. 물맛이 아주 좋으니 한번 맛보려무나."

큰형을 따라가면서 선은 문득 생각했다. 큰형은 선의 물음에 그렇다고도 아니라고도 대답하지 않았다. 그건 어쩌면 그럴 수도 있다는 뜻이 아닐까?

선은 큰형에게 사랑하는 처녀가 있으면 좋겠다고 생각했다. 그러면 큰형은 왕건과 싸우다 남산성에서 백성들과 죽겠다는 생각을 버릴지도 모른다. 사랑하는 처녀가 있으면 그 처녀를 태자비로 맞아들여 오래오래 살고 싶을 테니까. 그래서 아바마마도 자꾸만 큰형에게 태자비를 맞으라고 재촉하는 것이리라.

"태자전하."

선은 큰형에게 야단맞는 한이 있어도 다시 한 번 물어 보고 싶어서 앞서 가는 큰형을 불렀다. 그러자 큰형이 돌아보면서 조용히 하라는 뜻으로 손가락을 입에 갖다 댔다.

"쉿."

그러면서 큰형은 손가락으로 숲 한쪽을 가리켰다. 작은 박새 한 마리가 맑은 물이 솟아오르는 돌샘가로 깡충깡충 뛰어가 앙증맞게 물을 마시고 있었다. 박새가 놀라서 달아날까 봐 큰형은 선에게 조용히 하라고 한 것이다.

선은 낙엽 밟는 소리가 유난히 크게 들려 발걸음을 뗄 수 없었다. 큰형은 물을 마시고 있는 박새에게로 살금살금 다가가더니 한쪽 무릎을 굽히고 앉았다. 그러고는 아주 나지막이 휘파람을 불었다.

박새는 마치 그 소리를 알아들은 듯, 큰형이 한쪽 손을 내밀자 신기하게도 큰형의 손바닥 위로 날아와 앉았다. 선은 조심스레 다가가 박새를 자세히 들여다보았다. 궁궐에서도 참새처럼 지저귀는 박새를 자주 보았지만 이렇게 가까이서 보기는 처음이었다.

작지만 예쁜 새였다. 까만 머리와 하얀 뺨, 그리고 푸른 잿빛 등이 소박하면서도 멋있었다.

큰형이 다른 손으로 박새의 까만 머리를 쓰다듬었다. 박새는 그 어루만짐에 대답하기라도 하듯 '쯔삐이 쯔삐이' 해맑은 소리로 지저귀었다.

"정말 귀여워요, 태자전하."

선의 말소리에 놀랐는지 박새는 포르르 푸른 하늘 저편으로 날아가 버렸다. 선은 어쩐지 아쉽고 큰형에게 미안했다. 큰형이 박새와 재미있는 이야기를 나누고 있는데 꼭 제가 방해한 것만 같았다.

큰형은 일어서서 돌샘가에 놓여 있는 허리가 잘록한 표주박에 샘물을 떠서 마시고는 선에게도 물을 떠 주었다.

선은 물을 마셨다. 물맛이 싸하면서도 달았다. 가슴 속까지 시원해지는 것 같았다.

"물맛이 어떠니?"

"아주 좋아요."

그러자 큰형이 물을 한 바가지 더 떠 주었다. 선은 그 물도 다 마셨다.

큰형이 다시 앞장 서서 걷기 시작했다.

"아까 태자전하 손바닥에서 박새가 무어라고 말을 했는지요?"

"신라 땅에서 사는 것이 기쁘다고 말하더구나."

"정말이어요, 태자전하?"

"나한테 묻지 말고 네 마음한테 물어 보아라. 네 마음이 그렇다고 하면 내가 아니라고 해도 그런 것이고, 네 마음이 그렇지 않다고 하면 내가 그렇다고 해도 그렇지 않은 것이니까."

선은 큰형의 말을 알 것도 같고 모를 것도 같아 잠자코 큰형을 따라갔다.

조금 뒤에 제법 널찍한 평지가 나왔다. 낙엽이 여러 겹 곱게 깔려 있고 나무가 알맞게 들어서 있어 아늑한 느낌을 주었다. 게다가 앉기에 꼭 좋은 나무 그루터기가 두 개나 있었다.

"여기서 잠시 쉬자꾸나. 여긴 내가 가끔 와서 쉬기도 하고 생각도 하는 곳이다."

큰형이 나무 그루터기에 앉으며 말했다. 선도 나머지 그루터기에 앉았다.

"오늘 무예 시합을 보고 무엇을 느꼈니?"

"병사들의 무예가 뛰어나다고 느꼈어요. 칼쓰기 시합을 할 땐 태자전하께서 검법을 가르쳐 주시던 일을 생각했고, 활쏘기 시합을 보면서는 태자전하께서 들려 주신 구진천 이야기를 생각했어요."

"그게 다니?"

"또 하나 있어요. 태자전하께서 직접 하시는 본국검을 처음부터 끝까지 보고 싶다는 생각을 했어요. 태자전하께 검법을 배운 지 꽤 오래 되어 많이 잊었거든요."

큰형은 선의 대답이 성에 차지 않는 듯했다. 그 얼굴에 언뜻 그런 표정이 스쳐 갔다.

하지만 선은 큰형이 저한테 어떤 대답을 기대했는지 도무지 짐작조차 할 수 없었다.

어쩐지 큰형을 실망시킨 것 같아 선은 기분이 우울해졌다. 큰형은 선의 그런 마음을 헤아린 듯 밝은 목소리로 말했다.

"그래, 네가 원한다면 보여 주마. 난 네가 신라에 관한 모든 것을 기억하기를 바란다."

큰형이 자리에서 일어나 넓고 평평한 곳으로 서너 걸음 걸어갔다. 그런 다음 허리에 찬 검을 빼 들었다. 늦은 오후의 햇살에 부딪쳐 칼날이 번쩍 눈부신 빛을 내뿜었다.

"맨 처음 동작은 검을 들고 적과 마주 대하는 자세이다."

큰형은 두 손으로 칼자루를 꽉 쥐고 첫 번째 자세부터 시작하여 칼로 적을 치고 찌르고 베는 동작들을 차례대로 해 보였다. 어느 때는 닭이 홀로 선 듯한 모습으로, 또 어느 때는 용이 물을 뿜는 듯한 모습으로, 수풀 속에 몸을 숨긴 호랑이와 같은 공격 자세로, 뒤에서 치기도 하고 앞으로 나아가 적을 멸하기도 하고 왼편 또는 오른편으로 한 바퀴 혹은 두 바퀴 돌면서 베기도 했다.

본국검의 공격 또는 방어 자세는 닭·기러기·호랑이·표범·뱀·용·원숭이·소 같은 동물의 자세에서 따왔기 때문에 그 동작이 부드럽고 날래면서도 우아했다. 그만큼 따라 하기 힘든 자세이기도 했지만 대신 제대로 할 때는 지극히 아름다웠다.

그 아름다운 자세가 치고 베고 찌르는 날카로운 동작으로 이어지기 때문에, 그 검법은 조금도 살벌하지 않고 오히려 춤추는 것처럼 보였다.

어렸을 때부터 검법을 익힌 큰형인지라 그 검법은 흐르는 물처럼 막힘이 없고 자세는 봄바람처럼 부드러웠다. 햇살이 부딪칠 때마다 번쩍이는 검을 휘두르며 큰형은 세상에서 가장 아름다운 칼춤을 추고 있었다.

선은 신들린 듯 칼춤을 추는 큰형을 홀린 듯 바라보았다. 하늘도 땅도 나무도 새도 낙엽도 바람까지도 숨을 죽이고 큰형의 칼춤을 구경하는 것만 같았다.

이윽고 칼춤이 다 끝났다. 큰형은 칼을 도로 칼집에 꽂고 낙엽 위에 앉으면서 이마의 땀을 씻었다.

선은 큰형에게 무어라고 말하고 싶은데 아무 말도 할 수 없었다. 훌륭하다, 아름답다, 멋지다, 그런 말로는 제 가슴 속의 벅찬 감정을 다 말할 수도 없을 것 같았다.

큰형은 두 손을 깍지끼고 머리 뒤를 받치더니 비단 이불처럼 깔려 있는 낙엽 위에 반듯하게 드러누웠다. 그러고는 잠시 편히 쉬려는 듯 눈을 감았다.

한동안 큰형은 그대로 조용히 누워 있었다. 선은 큰형이 잠든 것이 아닌가 하여 그루터기에서 일어나 큰형에게 다가갔다. 선이 가까이 온 것도 모르는지 큰형은 여전히 눈을 감고 자는 듯 누워 있었다.

선은 큰형 곁에 가만히 앉았다. 한없이 고요해 보이는 큰형의 얼굴을 바라보고 있노라니 갖가지 생각이 떠올랐다. 큰형과 남산성의 백성들, 아바마마 그리고 큰형이 그토록 사랑하는 신라…….

갑자기 가슴이 꽉 메어왔다. 왜 큰형은 이길 가능성이 전혀 없는 싸움을 굳이 하려는 것일까? 큰형과 남산성의 백성들 모두가 헛되이 죽고 말 그런 바보 같은 싸움을…….

큰형이 갑자기 눈을 떴다. 선과 눈이 마주쳤다.

"왜 그렇게 슬픈 눈으로 날 보고 있느냐?"

큰형이 일어나 앉으면서 다정하게 물었다. 말하지 않으면 가슴이 터져 버릴 것만 같아 선은 제 속마음을 저도 모르게 내뱉었다.

"태자전하께서는 죽는 것이 두렵지도 않으셔요? 이길 수도 없는 싸움을 한다는 것이 바보 같은 짓이라는 생각도 들지 않으셔요?"

큰형은 놀란 듯 잠시 선을 바라보았다. 선은 큰형에게 미안하기도 하고 그런 말을 한 자신이 부끄럽기도 하고 한편으로는 슬프기도 해서 눈길을 아래로 떨구었다.

한동안 큰형은 아무 말도 하지 않았다. 산 속은 고요했고 이따금 새 소리만이 그 고요함을 깨뜨렸다.

"네 눈에는 내가 그리도 씩씩하고 용감해 보이느냐? 아무 두려움도 없고, 한없이 강하기만 한 사람처럼 보이느냐? 아니다, 그렇지 않다, 선아. 나도 사람인데 어찌 두려움이 없겠느냐? 나 뿐 아니라 나를 따르는 저 가엾은 백성들 모두를 죽게 만들 뿐인 이 싸움을 그만두고 싶은 마음이 왜 없겠느냐? 저녁에 잠자리에 들 때면 신라와 남산성의 백성들과 명운을 함께 하리라 다짐하면서도 아침에 눈을 뜨면 그 모든 것이 다 부질없는 일만 같아 포기해 버리고 싶어지는 그 약한 마음을 너는 짐작이나 하겠느냐?"

큰형의 말에는 진한 슬픔이 배어 있었다. 그런 슬픈 목소리는 여태 들어 본 적이 없었다. 선은 갑자기 울고 싶었다. 큰형을 슬프게 만들고 괴롭힌 자신이 밉기까지 했다.

큰형이 일어나 저쪽으로 갔다. 선은 그 자리에 꼼짝도 않고 앉아 있었다.

한동안 산 속에는 다시 고요함만이 흘렀다.

"선아, 이리 와서 앉아라."

큰형이 먼저 그 고요함을 깨뜨렸다. 큰형은 어느 때의 차분한 목소리로 돌아와 있었다. 선은 일어나 큰형에게로 다가갔다.

큰형은 아까처럼 나무 그루터기에 앉아 있었다. 선도 큰형을 마주 보고 나무 그루터기에 앉았다. 큰형의 얼굴이 부드럽고 따뜻해 보여 선은 마음이 놓였다.

"선아, 화랑도의 세속 오계, 기억하고 있지? 한번 외워 보겠니?"

"예, 태자전하. 화랑도의 첫째 계명은 사군이충(事君以忠), 충성으로써 임금을 섬겨라. 둘째는 사친이효(事親以孝), 효로써 어버이를 섬겨라. 셋째 교우이신(交友以信), 믿음으로써 벗을 사귀어라. 넷째 임전무퇴(臨戰無退), 싸움에 임해서는 물러서지 말아라. 다섯째 살생유택(殺生有擇), 산 것은 가려서 죽여라, 이상 다섯 가지입니다."

"그래, 잘 기억하고 있구나. 한 가지만 더 묻겠다. 세속 오계 가운데 내가 제일 좋아하는 계명이 무엇일 것 같으냐?"

"첫 번째 계명일 것 같아요. 맞지요?"

언젠가 큰형이 아바마마에게 효보다 충이 먼저라고 했던 말을 떠올리며 자신 있게 대답했다. 큰형이 웃으며 고개를 저었다.

남산성에서

"틀렸다. 내가 가장 좋아하는 계명은 네 번째 계명, 임전무퇴이다. 싸움에 임해서는 물러서지 않는 것, 그 싸움은 꼭 적과의 싸움만이 아니라 자신과의 싸움도 말하는 것이다. 아무리 희망이 없는 일이라도 끝까지 노력하는 것, 모든 것을 포기하고 싶을 만큼 지쳤을 때도 다시 일어서서 해야 할 일을 하는 것, 그리하여 자신의 믿음을 지키고 자존심을 지키는 것, 그것이 바로 임전무퇴의 정신이다. 언제나 그 임전무퇴의 정신으로 살고, 노래 속의 기파랑 같은 사람이 되는 것, 그것이 내가 꿈꾸는 삶이다. 내 말 무슨 뜻인지 알겠니?"

선은 고개를 끄덕였다. 큰형의 마음, 큰형의 생각을 선도 대강은 알고 있었다. 큰형이 가려는 길이 어렵고 힘든 길이라는 것 또한 알고 있었다. 그래서 선은 마음이 무거웠고, 자꾸만 큰형에게 투정을 부렸다.

다시 숲 속에는 바람의 숨소리만 들리고, 이따금 새 소리가 끼어들었다.

큰형이 자리에서 일어나 천천히 걷기 시작했다. 낙엽의 속삭임이 숲 속 가득 울리는 것 같았다. 선은 자리에 앉은 채 땅을 온통 뒤덮은 울긋불긋 빛깔 고운 낙엽만 내려다보고 있었다. 큰형에게 투정부리고 싶은 마음이 아직도 마음 한 구석에 남아 있었기 때문이다.

갑자기 나직한 노랫소리가 들려왔다. 돌아보니 저쪽에 큰형이 멈추어 서서 나뭇가지에 걸린 파란 하늘을 바라보며 노래를 부르고 있었다. 큰형이 무척이나 좋아하는 그 노래, 찬기파랑가를.

열치매 나타난 달이
흰 구름 좇아 떠 가는 곳 어디인가
새파란 냇물에
낭의 모습 어려 있네
일천 냇가 자갈밭에
낭께서 지니시던
마음의 끝을 좇고저
아 잣가지 드높아
서리 모르올 화랑이시여

냇가 자갈밭에 서서 구름을 헤치고 나타난 달을 쳐다보는 기파랑, 쉼없이 흘러가는 새파란 냇물을 들여다보는 기파랑의 모습이 눈앞에 선히 떠올랐다.

언젠가 큰형이 설명해 주었다. 흰 구름을 좇아가는 달과 쉼없이 흐르는 냇물은 기파랑이 꿈꾸는 그 무엇을 나타내고 있다고. 그것은 이 세상 너머에 있고, 이 세상보다 아름다운 것이라고.

기파랑이 서 있는 자갈밭은 유혹과 어려움이 많은 이 세상을 나타낸다고 했다. 그 자갈밭에 서 있으면서도 마음은 항상 달과 냇물에 있었기에, 기파랑의 그 마음은 달과 달이 어린 냇물에 영원히 남아 있게 되었다고.

지은이는 기파랑의 그 꿈, 그 마음을 좇고 싶다고 노래하면서 기파랑을 기리는 것이라고 했다.

선은 큰형의 설명을 되새기면서 노래를 들었다. 노래말이나 곡조도 아름다웠지만 무엇보다 아름다운 것은 노래하는 큰형의 목소리, 그 깊은 울림이었다.

바람이 숨을 죽이고, 나무는 가지를 떨면서, 새들은 날기를 멈추고서 모두 큰형의 노래를 듣는 것만 같았다.

노래는 선의 마음 속으로 물처럼 부드럽게 흘러들었다. 투정부리고 싶은 마음이 말끔히 사라지고 큰형을 좋아하는 마음만 남았다. 끝없이 좋아하는 그 마음만.

큰형이 다가와 도로 그루터기에 앉았다.

"태자전하, 고마워요. 이렇게 남산성에 데려와 주셔서."

노래가 무척 감동적이었다는 말을 하려 했는데 엉뚱한 말이 나오고 말았다.

큰형은 그런 선의 마음을 다 안다는 듯 환하게 웃었다.

"언젠가 네게 내 노래를 들려 주겠다고 약속한 적이 있지? 그 약속 지금 지켰다."

선도 환하게 웃으며 고개를 끄덕였다. 그랬다. 큰형과 함께 뱃놀이하던 그 밤에. 그 달밤에도 선은 참 행복했다.

발소리가 들리더니 상덕이 쉼터에 나타났다.

"태자전하, 잔치 준비가 다 되었습니다."

굳이 가르쳐 주지 않아도 상덕은 큰형이 어디에 있는지 다 아는 모양이었다. 그건 큰형과 상덕의 마음이 하나로 통하기 때문일 것이다.

마음이 서로 통하는 그 느낌을 선도 이제는 알 것 같았다. 선이 말하지 않아도 큰형이 선의 마음을 알아주듯이 선도 큰형의 마음을 느꼈다. 그 느낌이 선을 행복하게 만들었다.

"선아, 가자. 모두 우릴 기다리고 있겠구나."

선은 큰형과 상덕과 함께 훈련장으로 다시 돌아왔다. 상덕이 말한 대로 장수와 병사들은 잔치 준비를 다 해 놓고 큰형과 선을 기다리고 있었다.

짧은 초겨울 해는 어느 새 산을 넘어가고 넓은 훈련장에는 산그늘이 내려와 있었다. 잔치 마당 곳곳에 모닥불을 피워 놓았고, 곧 닥쳐올 어둠에 대비하여 횃불도 활활 밝혀 놓았다.

큰형과 선이 자리에 앉자 잔치가 시작되었다. 음식을 먹고 술잔도 오갔다. 떠들썩한 이야기 소리와 왁자한 웃음소리가 흥겹게 어우러졌다.

선은 맛있게 음식을 먹었다. 배가 고프기도 했지만 음식이 아주 맛있었다. 궁궐에서 날마다 먹는 맛깔스런 음식과는 달리 병사들이 만든 거친 음식이었는데도 오히려 입에 달게 느껴졌다. 흥겹고 왁자한 분위기 때문인지도 모른다.

이제 어둠이 잔치 마당을 감싸고 모닥불의 불꽃이 탐스럽게 피어 올랐다. 통나무가 타악타악 소리내며 몸을 뒤척일 때마다 수많은 불티가 어둠 속으로 발갛게 날아올랐다가 이내 스러졌다.

흥이 무르익자 여러 병사들이 모닥불 주위를 돌며 노래하고 춤추기 시작했다.

임금은 아비시고
신하는 사랑하실 어미시라

그러자 더 많은 병사들이 불가로 나와 한데 어우러져 춤을 추었다. 자리에 앉아 있는 사람들은 앉아 있는 대로 함께 노래를 부르기 시작했다.

백성을 즐거운 어린아이로 여기시면
백성이 그 은혜와 사랑을 알리이다.

큰형도 불꽃 어린 얼굴로 병사들과 함께 노래를 부르고 있었다. 그 어느 때보다 빛나고 행복해 보였다.

선은 저도 모르게 함께 노래하기 시작했다. 그러자 큰형이 가만히 팔을 뻗어 선의 어깨를 힘껏 안아 주었다. 선은 가슴 속에서 무언가 뜨거운 것이 샘처럼 솟구치는 것을 느꼈다. 한층 목소리를 크게 내어 병사들과 함께 노래를 불렀다.

구물구물 사는 백성들 이를 먹여 다스리니
'이 땅을 버리고 어디로 가리이까' 할지면
나라 안이 유지되리이다

그 노래 속에서 선은 문득 이 곳에 모인 모든 사람들과 한마음이 된 것을 깨달았다. 큰형과 상덕과 산성의 장수와 병사들, 그들 모두가 왜 이 곳을 끝까지 지키려 하는지 이제야 알 것 같았다.

아까 낮에 큰형이 무예 시합을 보고 무엇을 느꼈느냐고 물었던 일이 불현듯 생각났다. 그 때는 몰랐는데 이제야 선은 알 것 같았다. 큰형이 원한 대답이 무엇이었는지를.

그것은 바로 이 곳에 모인 사람들과 한마음이 되는 것, 그리고 백성들이 죽음도 두려워하지 않고 싸우려 하는 그 마음을 깨닫는 것이리라.

큰형이 옳았다. 이 땅, 신라를 버리고 어디로 가겠는가. 설령 신라가 망한다 해도 큰형과 이 곳에 모인 백성들은 결코 신라를 저버리지 않으리라.

아아, 임금답게, 신하답게, 백성답게 할지면
나라는 태평하리이다.

모두가 한마음이 되어 부르는 그 노랫소리에 대답이라도 하듯 모닥불이 타악타악 즐겁게 노래하며 더욱 밝고 뜨겁게 타올랐다. 그 불꽃이 선의 가슴 속으로 날아왔다.

'그래, 만약 무슨 일이 생기면 난 태자 형님을 따를 거야. 절대 이 땅을, 신라를 저버리지 않을 거야. 끝까지 태자 형님을 따를 거야. 태자 형님을……'

선의 가슴 속에서도 모닥불이 타오르기 시작했다. 바람이 세차게 불수록 더욱 휘황하게 일렁이며 타오르는 모닥불이.

마음에 새긴 두 글자

말해야 하나? 말아야 하나?

아까부터 선은 마음을 정하지 못하고 방 안에서 혼자 서성대고 있었다.

어찌 생각하면 한 순간이라도 빨리 큰형에게 사실을 알려주어야 할 것 같고, 달리 생각하면 가만히 있는 편이 좋을 것 같기도 했다. 어제 저녁부터 내내 궁리한 일인데 아무리 생각해도 마음을 정할 수가 없었다.

어제 선이 아바마마에게서 불경을 배우고 있을 때였다.

"대왕폐하, 시랑께서 뵙기를 청하옵니다."

내관의 말을 듣고 아바마마가 의아한 표정을 짓더니 곧 시랑을 안으로 들게 했다.

"웬일이오, 시랑? 여태 퇴궐하지 않았소?"

"예. 막 퇴궐하려다 폐하께 다시 한 번 여쭙고 싶은 것이 있사와 이렇게 뵙기를 청하였사옵니다."

"어서 말해 보오."

시랑이 선뜻 말하지 못하고 망설였다. 선이 있어서 말하기가 거북한 것 같았다. 선이 짐작하기에 아마도 시랑은 큰형에 대한 이야기를 하려는 것 같았다.

아바마마도 그 눈치를 챈 듯 선을 한 번 돌아보았다. 선은 저도 모르게 온몸이 굳어졌다. 그러나 선은 짐짓 모르는 체하며 불경만 열심히 들여다보았다. 어른들 일에는 관심도 없고 참견하고 싶은 생각도 없고 오로지 불경 공부에만 마음이 있다는 듯이.

"괜찮으니 말해 보오."

아바마마의 말에 선은 속으로 안도의 숨을 내쉬며 더욱 열심히 불경만 들여다보았다. 불경의 글자들이 전혀 눈에 들어오지 않았다.

"대왕폐하, 폐하께서 내리신 분부, 한 번만 더 생각해 주시옵소서."

"임금의 명령을 거역하겠다는 것인가?"

아바마마가 언짢은 듯 날카롭게 되물었다.

"어찌 소신이 대왕폐하의 분부를 감히 거역하겠사옵니까? 다만 태자전하를 생각하면 가슴이 미어지는 듯하여……. 대왕폐하, 태자전하의 마음을 조금만이라도 헤아려 주시옵소서."

"시랑에게는 내가 태자의 마음을 조금도 헤아리지 않는 것처럼 보이는가? 시랑의 절반만큼도 태자를 생각하지 않는 것처럼 보이는가?"

"황송하옵니다, 대왕폐하."

"시랑, 나는 임금이기 전에 아비이고 태자는 내 아들이오. 아들 중에서도 맏아들이란 말이오. 시랑은 아들이 없소?"

"아들은 많사오나 태자전하 같은 아들은 한 명도 없사옵니다."

그 대답에는 태자인 큰형을 무척 좋아하고 또 자랑스럽게 여기는 시랑의 마음이 고스란히 담겨 있었다.

아바마마도 시랑의 그 마음을 느꼈는지 잠시 아무 말도 하지 않았다.

선은 가슴 조이며 아바마마와 시랑의 다음 말을 기다렸다. 아바마마가 분명 무언가 중대한 결정을 내린 것 같은데, 대체 그것이 무엇인지 몹시 궁금했다.

마침내 아바마마가 다시 말문을 열었다.

"시랑은 내가 왜 그런 명령을 내렸는지 그 이유를 짐작하겠소?"

"……."

"요즘 나는 왕건에게 보낼 항서를 어떻게 쓸 것인지 그 생각을 하고 있소."

"항서라 하오시면……."

시랑의 목소리가 떨렸다. 선도 가슴이 철렁 내려앉았다. 항복하겠다는 문서를 쓴다는 것은 신라를 고려에 바친다는 뜻이었다. 또한 고려에 항복하여 아바마마가 왕건의 신하가 된다는 뜻이기도 했다.

"우리에게 달리 선택의 여지가 없다는 것을 시랑도 잘 알고 있을 것이오. 곧 어전 회의를 열어 조정 대신들의 의견을 물어 결정할 일이지만, 대부분 짐과 같은 생각들을 하고 있을 것이오."

"폐하, 대왕폐하……."

시랑의 목소리에는 어느 새 울음이 배어 있었다. 선도 울고 싶었다.

"어찌 그러오? 시랑은 일이 이리될 줄 몰랐단 말이오?"

아바마마의 목소리는 담담했다.

"알고는 있었사오나 막상 폐하께서 그런 말씀을 하시니 억장이 무너지는 듯하여……."

시랑이 말끝을 흐리더니 더 이상 말을 잇지 못했다. 선은 저도 모르게 고개를 들어 시랑을 바라보았다. 시랑은 고개를 숙이고 우는 것 같았다.

"시랑, 우는 겐가?"

"폐하, 천 년을 이어 온 나라가 무너지려 하는데, 신하된 도리로 어찌 눈물이 없겠사옵니까?"

"천 년을 이어 온 나라가 무너지려 하는데, 신하된 도리로 할 수 있는 것이 고작 눈물을 흘리는 것뿐이오?"

아바마마의 그 말은 나무라는 것 같기도 하고 탄식하는 것 같기도 했다.

"황송하옵니다, 폐하."

시랑이 감정을 억제하려 애쓰면서 대답했다.

"내일 남산성에 가서 산성의 장수에게 짐의 명령을 확실하게 전하시오. 원래 있던 병사들을 제외한 나머지 백성들을 모두 해산시키라고 말이오. 태자는 내일 짐이 궁에 붙잡아 둘 터이니……."

"만약 백성들이 태자전하를 찾으면서 해산하려 들지 않는다면 그 때는 어찌하오리까?"

시랑이 이제는 차분하게 가라앉은 목소리로 물었다.

"그 때는 시랑이 직접 백성들을 설득하도록 하오. 자신들이 하려는 일이 얼마나 무모하고 부질없는 짓인지 깨닫게 된다면 백성들은 분명 무기를 버리고 떠날 것이오. 남산성의 백성들 중에는 별다른 신념이 없는 자들도 제법 있을 터, 그런 자들이 동요하기 시작하면 너도 나도 마음이 흔들릴 것이고, 결국 모두 집으로 되돌아갈 것이오."

"반면에 끝까지 태자전하를 따르겠다는 백성들도 없지는 않을 것인데, 그런 자들은 어찌하오리까?"

"끝까지 임금의 명령을 거역하는 자는 반역죄로 다스려야 할 것이오. 시랑은 백성들이 모두 무기를 반납하고 해산하는 것을 확인한 다음, 궁으로 돌아오도록 하오."

"분부대로 거행하겠사옵니다."

시랑이 돌아간 뒤 아바마마는 아무 일 없었다는 듯이 선에게 다시 공부를 가르쳐 주었다. 아바마마의 그 태도에서 선은 아바마마의 뜻을 읽었다. 불경 공부에 대한 말 외에는 아무 말도 하지 말라는 뜻을.

선은 가슴 속에서 온갖 생각들이 어지러이 날뛰고 있었지만, 아무 내색도 하지 않았다. 어서 공부가 끝나 제 처소로 돌아가 혼자 조용히 생각하고 싶었다.

드디어 공부가 끝나고 저녁 식사도 끝난 뒤, 선이 월지궁으로 돌아가려 하자 아바마마가 엄한 얼굴로 말했다.

"선아, 아비는 어린아이가 어른들 일에 참견하는 것을 가장 싫어한다. 내 말 무슨 뜻인지 알겠느냐?"

선이 아바마마의 말뜻을 모를 리 없었다.

"예, 아바마마. 아바마마의 말씀 명심하겠사옵니다."

선은 월지궁으로 돌아왔다. 동궁전에 가 볼까 하다가 큰형을 보면 저도 모르게 내일 일에 대해 말할 것만 같아 그냥 제 처소로 돌아왔다.

아바마마가 시랑에게 분부한 일은 큰형을 위한 일이었다. 아바마마의 당부가 아니어도, 선은 큰형에게 그 사실을 말하지 않을 작정이었다. 선 또한 큰형에게 무슨 일이 일어나는 것은 원치 않았으니까.

하지만 남산성에 갔던 그 날을 생각하면 마음이 흔들렸다. 저녁 무렵 그 흥겨운 잔치 때, 춤추는 불꽃을 보며 선은 분명 마음 속으로 다짐했다. 만약 무슨 일이 생기면 큰형과 백성들을 따르겠다고. 그 날의 그 다짐을 너무 쉽게 저버리는 것 같아 선은 자신이 부끄러웠다.

선은 저녁 내내 마음의 갈피를 잡지 못해 갈팡질팡하다 결국 아무 결정도 내리지 못하고 밤 늦게서야 겨우 잠이 들었다.

아침에 눈을 뜨자 마음이 다시 흔들렸다. 오전에 형들과 공부를 하면서도 박사들의 말이 도무지 귀에 들어오지 않았다.

공부를 끝내고 처소로 돌아와서도 영 마음이 진정되지 않아 이렇게 혼자 방 안을 오락가락하는 것이다.

'정말 어떻게 해야 한다지? 태자 형님한테 한번 가 보기나 할까?'

선은 마침내 그렇게 마음을 정하고 동궁전으로 갔다.

큰형은 붓글씨를 쓰고 있었다. 방 안에는 향을 피워 놓아 진한 향내가 감돌았다. 그 향내에 은은한 먹향도 묻어났다.

큰형은 이따금 방 안에서 향을 사르곤 했다. 향내도 좋아하지만 그보다는 청동 향로에서 피어 오르는 푸른 연기를 좋아하기 때문이라고 했다. 하늘을 향해 가볍게 하늘하늘 피어 오르는 연기를 보면 마음도 연기처럼 가벼워진다고 했다.

선은 큰형이 무얼 쓰고 있는지 보았다. 큰형은 똑같은 두 글자를 쓰고 또 쓰고 있었다. '신라(新羅)'라는 두 글자를.

선은 가슴 한가운데가 바늘에라도 찔린 듯 따끔하게 아파 오는 것을 느꼈다. 큰형은 이미 알고 있는 건 아닐까. 머지않아 신라가 이 세상에서 사라져 버린다는 것을. 사라져 가는 신라를 붙잡아 보려는 안타까운 마음에서 이렇게 '신라'라는 두 글자만 쓰고 또 쓰는 것은 아닐까.

"이상하게 마음이 불안해서 글씨가 잘 써지지 않는구나. 그래서 글씨 연습을 하는 어린아이처럼 이렇게 똑같은 글자만 쓰고 있다."

선은 새삼스레 종이에 쓰인 글자를 들여다보았다. 언뜻 봤을 때는 힘차고 아름답게 느껴지던 글자들이 보일 듯 말 듯한 눈물을 머금고 선을 바라보는 것만 같았다. 세상의 모든 것에 마음이 있다더니, 글자 뒤에도 마음이 숨어 있나 보다.

"너도 한번 써 보려무나. '신라' 두 글자를."

선은 붓을 받아 쥐고 먹물을 적셨다. 큰형처럼 잘 쓰려고 애쓰면서 '신라' 두 글자를 쓰기 시작했다.

"종이에만 쓰지 말고 네 마음에도 '신라' 두 글자를 새겨 두어라."

마음이 어지러운 탓일까. 글씨가 제대로 써지지 않았다. 선이 쓴 글씨를 보고 큰형이 부드럽게 말했다.

"글씨 쓰는 연습을 좀더 해야겠구나."

선은 부끄러웠지만, 지금 그런 데 마음 쓸 겨를이 없었다. 큰형에게 사실을 알려 주어야 하는지, 가만히 있어야 하는지 빨리 결정을 해야 했다.

만약 알려 주려면 시랑이 돌아오기 전에 말해야 했다. 그래야 큰형이 무언가 대책을 세울 수 있을 테니까.

그 생각을 하자 선은 마음이 급해졌다. 선은 큰형에게 붓을 도로 건네 주었다.

"왜 그만 쓸래?"

"태자전하께서 쓰셔요. 전 그냥 보기만 할래요."

"나도 마침 쉬려던 참이었다."

큰형은 붓이며 종이, 벼루 등을 한쪽 옆으로 치웠다.

"그냥 놀러 온 것 같지는 않고, 나한테 무언가 할 말이 있는 얼굴이구나."

큰형의 갑작스런 질문에 선은 당황했다. 아직 마음을 정하지 못했기 때문이다.

"아, 아니어요, 태자전하. 그냥 놀러 온 거여요. 정말이어요."

"무언가 꼭 할 말이 있다고 네 얼굴에 씌어 있어. 하지만 말하기 싫으면 하지 않아도 된다."

선은 눈을 내리깔고 순간적으로 마음을 정해 버렸다. 이렇게 좋은 큰형에게 무슨 일이 일어나는 것은 정말 싫다. 남산성의 백성들이 모두 무기를 버리고 집으로 돌아간다면 큰형도 왕건과 끝까지 싸우겠다는 생각을 버릴지도 모른다. 남산성에 남은 얼마 안 되는 병사들만으로는 왕건과 싸울 엄두도 낼 수 없을 테니까.

그렇게 되면 결국 큰형은 아바마마의 뜻에 따를 것이고, 선은 큰형과 헤어지는 일 없이 언제까지나 지금처럼 살 수 있으리라.

"아바마마께서 오늘은 궁에 있으라고 하셨다면서요?"

"누구한테 들었니, 그 얘기?"

"아까 차대사한테서요. 공부하러 가다가 마침 차대사를 만났거든요."

그랬다. 선은 다 알면서도 짐짓 모르는 체하면서 상덕에게 오늘은 왜 큰형이 남산성에 가지 않았느냐고 물어 보았다.

"아바마마께서 오늘 중요한 일이 있으니 부를 때까지 기다리고 있으라고 하시더구나."

"무슨 일일까요?"

큰형은 아무 대답도 하지 않고 향로에서 너울너울 피어오르는 연기만 바라보았다.

"저 연기에게도 마음이라는 것이 있을까? 마음이 있다 해도 그 마음에 슬픔 같은 건 없겠지. 마음에 슬픔이 있다면 저리 가벼이 날아오르지는 못할 터이니……."

선은 가슴이 뜨끔했다. 큰형의 가슴 속에 있는 슬픔이 어떤 것인지 선은 짐작하고 있었다. 만약 남산성의 백성들이 모두 떠나 버린다면 큰형의 그 슬픔은 더욱 커지고 무거워지리라.

마음이 또 흔들렸다. 아무 말도 않는 것이 큰형을 위하는 길이라 생각했는데, 오히려 더욱 슬프게 만드는 건 아닐까.

아니다. 아무리 큰 슬픔도 세월이 흐르면 사그라들게 마련이다. 살아 있기만 한다면, 큰형과 오래오래 같이 살 수만 있다면 지금 큰형에게 잠시 잘못하는 것쯤은 나중에 넉넉히 기워 갚을 수 있을 것이다. 큰형이 아바마마의 뜻을 받아들이기만 한다면.

문득 한 달쯤 전에 아바마마를 졸라서 큰형과 아바마마가 말씀하시는 자리에 같이 있었던 일이 생각났다. 그 때처럼 오늘도 같이 있을 수 있다면 얼마나 좋을까…….

큰형에게 부탁해 보면 어떨까 하는 생각이 선의 머리를 스쳐 갔다.

"태자전하."

"응?"

"저 사실은 태자전하께 한 가지 부탁이 있사옵니다."

큰형이 선을 바라보더니 빙긋 웃었다.

"이제야 겨우 말을 꺼내는 걸 보니 말하기 어려운 부탁인 모양이구나. 어서 말해 보려무나. 네 부탁이 무엇인지."

"꼭 들어 주셔야 하옵니다."

"그건 네 부탁을 들어 본 다음에 정하기로 하자."

"이따 아바마마께 가실 때 저도 데리고 가 주셔요."

"아바마마께서 내게 무슨 말씀을 하시는지, 너도 알고 싶은 게로구나."

큰형이 제 마음을 헤아려 주는 것이 선은 기뻤다.

"예, 태자전하. 아바마마께서는 분명 신라에 대한 말씀을 하실 것이옵니다. 지난번 아바마마와 태자전하께서 나누시는 말씀을 듣고 저도 신라에 대해 많은 생각을 했습니다. 두 분의 말씀을 듣는 것이 제게는 그 어떤 공부보다 큰 가르침이 되는 걸요."

큰형은 잠시 생각해 보는 듯하더니 선선히 고개를 끄덕였다.

"정 그렇다면 함께 가기로 하자. 그러나 아바마마께서 네게 굳이 되돌아가라고 하신다면 그 땐 나도 어쩔 수가 없다."

큰형이 허락했으니 아바마마께서도 어쩌면 허락하시리라.

선은 자리에서 일어났다. 큰형에게 사실을 알리지 않기로 결정은 했지만 죄를 짓는 듯한 느낌에 더 이상 큰형과 마주 앉아 있을 수 없었다.

"왜, 갈래?"

"이따 아바마마께서 부르시면 제가 다시 올게요."

"그래. 이따 내전에서 연락이 오면 널 부르마."

선은 제 처소로 돌아왔다. 아바마마를 뵈러 갈 차비를 미리 다 하고는 또다시 방 안을 서성대며 큰형이 불러 줄 때만을 기다리고 또 기다렸다.

얼마나 지났을까. 문밖에서 반가운 소리가 들렸다.

"왕자마마, 동궁전에서 전갈이 왔습니다. 태자전하께서 속히 동궁전으로 들라 하십니다."

선은 급히 동궁전으로 갔다. 큰형도 차비를 마치고 선을 기다리고 있었다.

선은 큰형과 함께 동궁전을 나섰다. 시종들이 그 뒤를 따랐다. 월지궁과 반월성 사이의 임해문을 지나 반월성 안으로 들어섰다. 몇 채의 전각을 지나 내전에 이르자 선의 가슴이 돌연 세차게 뛰기 시작했다.

"폐하, 태자전하와 막내왕자마마가 오셨습니다."

"들라 하라."

선은 큰형과 함께 아바마마의 처소로 들어섰다. 아바마마가 엄한 눈빛으로 선을 바라보았다.

"넌 왜 왔느냐? 태자만 불렀거늘."

선은 말문이 막혀 큰형을 쳐다보았다.

"소자가 데리고 왔사옵니다. 아바마마께서 소자에게 나라일에 대해 말씀하실 거라면, 선이 함께 있어도 괜찮을 듯하여 데리고 왔사옵니다. 선도 이제는 어린 나이가 아니니 나라일이 어떻게 되어 가는지 알아 두어야 할 것 같아서……."

큰형이 조심스럽게 말하자 아바마마의 표정이 조금 누그러졌다. 선은 마음 속으로 안도의 숨을 내쉬었다.

"어쩌겠느냐, 예까지 온 것을. 태자와 이야기가 끝날 때까지 너는 저쪽에 가 있어라."

아바마마와 큰형이 마주 앉자 선은 방구석 자리에 가서 앉았다.

"우선 차나 한잔 마시자꾸나. 너와 마주 앉아 차를 마신지도 꽤 오래 된 것 같구나."

아바마마가 차를 내오라고 이르자 궁녀가 달인 차를 가지고 들어왔다. 궁녀는 찻상을 차려 놓고 조용히 방을 나갔다.

차 향기가 방 안을 감싸고 아바마마와 큰형은 말없이 차를 마셨다. 선도 구석 자리에 얌전히 앉아 차를 마셨다.

차를 다 마신 뒤, 큰형이 먼저 말했다.

"아바마마, 이제 말씀해 주시옵소서. 무슨 중요한 일이 있는 것인지……."

"그 전에 너에게 한 가지 물어 보고 싶은 것이 있다. 만약 너에게 혼인을 언약한 처녀가 있다고 치자. 그런데 그 처녀는 소생하기 어려운 병에 걸려 머지않아 죽게 된다. 또 한 처녀가 있다. 집안도 좋고 아름답기까지 한 나무랄 데 없는 처녀이다. 그 처녀와 혼인하면 너는 네 뜻을 마음껏 펼칠 수 있고 원한다면 부귀 영화도 원 없이 누릴 수 있다. 그 처녀 또한 너와 혼인하기를 원한다. 이런 경우에 너는 어느 쪽을 택하겠느냐?"

"죽을병에 걸린 처녀는 신라이고, 또 다른 처녀는 고려를 이르는 것인지요?"

"신라니, 고려니 그런 것을 떠나서 단순히 이런 경우에 너는 어떻게 하겠느냐?"

"소자가 어떤 선택을 할지 아바마마께서 더 잘 알고 계시지 않사옵니까?"

"굳이 죽을병에 걸린 처녀를 택하겠다는 말이냐?"

"그러하옵니다."

"왜, 언약 때문에? 언약이란 지키지 못할 수도 있는 것이다. 그까짓 언약 때문에 네 일생을 망치겠단 말이냐?"

"어떤 처녀와 혼인을 언약했다는 것은 그 처녀를 그만큼 사랑하기 때문일 것이옵니다. 죽을병에 걸렸다고 그 사랑을 저버린다면 그것은 참다운 사랑이 아닐 것이옵니다. 소자 언약 때문이 아니라 사랑 때문에 그 처녀를 택할 것이옵니다."

"허나 그 사랑으로 인해 남은 네 일생은 고단하고 쓸쓸하고 슬프기만 할 것이다. 왜 편한 길을 두고 굳이 가시밭길로 가려는지 알 수가 없구나. 태자야, 너는 아직 젊다. 펼쳐 보고 싶은 남다른 꿈도 있을 것이고, 이 좋은 세상에서 누리고 싶은 것도 많을 것이다. 네가 손을 뻗기만 하면 그것들을 다 얻을 수 있는

데도 기어이 뿌리치겠단 말이냐?"

"소자가 원하는 것은 제 사랑을 지키고 아울러 제 자신을 지키는 일이옵니다. 부귀 영화의 유혹에 굴복하여 스스로를 저버린다면 몸은 편할지 몰라도 그 삶은 내내 부끄러울 것이옵니다. 비록 가시밭길을 걸을지라도 소자가 원한 길이면 마음은 오히려 편할 것이니 아바마마께서는 소자 때문에 너무 가슴아파하지 마시옵소서."

신라, 신라란 대체 무엇일까. 신라는 다만 하나의 이름일 뿐이다. 큰형은 잡을 수도 없고 만질 수도 없는 그 이름뿐인 신라를 이 세상 그 무엇보다 사랑한다고 한다. 바로 그 사랑 때문에 큰형은 자신이 누릴 수 있는 모든 좋은 것들을 버리고 고단하고 힘든 길을 가려 했다.

큰형은 선 또한 신라를 사랑하기를 바라고 있다. 하지만 무언가를 사랑하는 일이 그렇게 어렵고 힘든 일이라면, 선은 그럴 자신이 없다. 큰형만큼 신라를 사랑할 자신도 없고, 그 사랑을 위해 모든 것을 버릴 자신은 더더욱 없다.

"후회하지 않겠느냐? 그 마음 죽어도 바꾸지 못하겠느냐?"

아바마마가 다짐하듯 다시 물었다. 그 목소리에 안타까움이 진하게 배어 있었다.

"예."

아바마마가 긴 한숨을 내쉬었다. 방 안에는 한동안 무거운 침묵이 흘렀다.

선은 가슴이 답답했다. 커다란 돌덩이가 가슴을 짓누르는 것만 같았다. 큰형이 아바마마의 뜻에 따르지 않는다면 큰형은 이제 어떻게 되는 것일까?

긴 침묵 뒤에 아바마마가 자리에서 일어나 안쪽으로 가더니 봉서 한 장을 들고 나왔다. 그 봉서가 무엇인지 선은 이내 알아차렸다.

아바마마가 도로 자리에 앉으면서 봉서에서 여러 겹으로 접은 종이를 꺼냈다. 그리고 그 종이를 큰형 앞에 놓았다.

"태자야, 네가 한번 소리내어 읽어 보아라."

큰형은 아바마마를 한번 쳐다보더니 종이를 펼쳐 거기 쓰인 글을 읽기 시작했다.

"신라의 제56대 임금 김부는 고려의 임금 왕건 폐하에게 삼가 이 글을……."

큰형은 더 이상 글을 읽지 못했다. 큰형의 손에서 종이가 힘없이 아래로 떨어졌다.

잠시 숨막힐 듯한 고요함이 방 안을 뒤덮었다. 선은 가슴이 조마조마하여 숨도 크게 내쉬지 못하고 아바마마와 큰형을 지켜보았다.

"아바마마, 이것이 대체 무엇이옵니까?"

큰형의 목소리에는 놀라움이나 노여움보다는 슬픔이 가득 배어 있었다. 이런 일이 있을 줄 미리 짐작하고 있었기 때문일까?

"몰라서 묻는 것이냐? 왕건에게 보낼 글월이니라."

"진정 왕건에게 항복하실 생각이신지요? 천 년을 이어 온 나라를 기어이 왕건에게 고스란히 갖다 바칠 생각이신지요?"

"곧 어전 회의를 열어 여러 대신들의 의견을 물어 결정할 일이다만, 대다수 대신들이 내 의견에 따르리라고 믿는다."

"아바마마, 한 나라가 흥하고 망하는 데에는 반드시 천명이 있는 법이니, 충신 의사와 더불어 민심을 수습하고 스스로 굳게 하여, 할 일을 다 해야 할 것이옵니다. 어찌 천 년 사직을 하루 아침에 남에게 내어 준단 말이옵니까?"

"무엇으로 스스로 굳게 한단 말이냐? 민심은 이미 신라를 떠났고, 남산성의 백성들도 오늘 해산시켰다."

"남산성의 백성들을 해산시키다니, 대체 무슨 말씀이시옵니까?"

큰형이 격한 목소리로 되물었다.

"왕건에게 항서를 보내면서 한편으로는 끝까지 싸우겠다는 병사들을 남산성에서 훈련시킨다는 사실을 왕건이 알아 보아

라. 그 항서를 진심이라고 믿어 주겠느냐? 해서 시랑을 시켜 병사들을 해산시키라고 했다. 백성들도 처음에는 따르지 않더니, 이 모두가 태자를 위하는 일이라고 설득하자 결국 모두 해산했다고 하더구나."

"아바마마……."

큰형은 목이 메고 감정이 북받쳐오르는지 말을 잇지 못했다. 선의 가슴 속에서도 무언가 뜨거운 것이 울컥 치밀어올랐다.

"태자야, 신라는 이미 오래 전에 무너져 이제는 소생하기 어렵다. 영토는 줄어들 대로 줄어들고 형세는 외롭기 그지없으니 우리 힘으로는 도저히 보전할 수가 없다. 이런 형편에 싸운다는 것은 죄없는 백성들만 무참히 죽게 만드는 것이니 나로서는 차마 그리할 수가 없구나."

"아바마마, 고려 백성이 되어 욕되이 사느니 신라 백성답게 떳떳하게 싸우다 죽고 싶어하는 백성들도 많사옵니다. 그 백성들의 마음을, 그들과 명운을 함께 하려는 소자의 마음을 왜 조금도 헤아려 주지 않사옵니까?"

떨리는 큰형의 목소리에서 선은 큰형의 마음을 느꼈다. 통곡하고 싶은 그 절절한 마음을. 선도 목놓아 소리치며 한없이 울고 싶었다.

그러나 방 안에는 침묵만 감돌 뿐이었다. 모든 소리가 다 죽어 버린 것 같았다.

선은 터질 것 같은 마음을 다잡으며 큰형과 아바마마를 바라보았다.

큰형은 고개를 숙이고 있고, 아바마마는 그런 큰형을 말없이 바라보고만 있었다. 큰형은 아마도 울고 있는 것 같았다.

"태자야, 난 어떻게든 너를 살리고 싶었다. 세상에 어느 아비가 아들이 헛되이 죽으려 하는 것을 보고만 있겠느냐?"

아바마마가 달래듯 하소연하듯 말했지만 큰형은 아무 대꾸도 않고 돌이라도 된 듯 꼼짝도 하지 않았다.

"애야, 우는 게냐? 제발 고개 좀 들어 보아라."

아바마마가 애타는 목소리로 거듭 말하자 그제야 큰형은 고개를 천천히 들었다. 큰형의 두 눈에는 눈물이 가득 고여 있었고, 그 눈물은 뺨을 타고 계속 흘러내렸다.

큰형의 눈물을 보자 선은 금방이라도 울음이 터져 나올 것만 같았다. 큰형도 터져 나오는 울음을 참는 듯 피가 나도록 입술을 깨물고 있었다.

"태자야, 이제 그만 마음을 돌리려무나. 가슴이 찢어지는 듯하여 우는 네 모습을 차마 볼 수 없구나."

아바마마가 견딜 수 없다는 듯 팔을 뻗어 큰형을 안으려 했다. 그러나 큰형은 얼른 몸을 옆으로 비켰다. 아바마마는 뻗은 팔을 힘없이 떨어뜨렸다.

"소자, 이만 돌아가겠사옵니다. 혼자 있고 싶습니다."

큰형은 자리에서 일어나 아바마마에게 깍듯하게 절을 하고 조용히 방을 나갔다. 순식간의 일이라 아바마마는 그저 멍하니 바라볼 뿐이 있었다.

멀어지는 큰형의 발소리를 들으면서 선은 확실하게 깨달았다. 큰형이 이제 영원히 제 곁을 떠나가리라는 것을. 다시는 제 곁으로, 아바마마의 곁으로 돌아오지 않으리라는 것을.

지금 당장 큰형을 뒤쫓아가야 하는데, 온몸의 맥이 다 풀리고 기운이 하나도 없어서 자리에서 일어설 수 없었다. 기다렸다는 듯이 눈물만이 하염없이 쏟아졌다.

선은 손등으로 눈물을 닦으면서 울음을 멈추려 애썼다. 하지만 그럴수록 울먹이는 소리는 더욱 커졌다.

선은 마침내 엉엉 소리내어 울기 시작했다. 그제야 아바마마는 선이 여태 방에 함께 있었다는 사실을 깨달은 모양이었다.

"선아, 너까지 왜 이러느냐? 왜······."

선이 더 크게 소리내어 울자, 아바마마는 더 이상 아무 말도 하지 않았다.

어린아이처럼 소리내어 울고 또 우는 선의 머릿속에 느닷없이 아까 큰형이 썼던 붓글씨가 또렷하게 떠올랐다. '신라'라는 그 두 글자가.

그 글자는 눈물 속에서도 먹빛이 번지거나 흐려지는 일 없이 오히려 한층 선명해졌다.

홀연 선은 깨달았다. 큰형은 선의 마음 속에 눈물로 단 두 글자, '신라(新羅)'를 새겨 놓고 영원히 떠나갔다는 것을…….

달못에는 다시 달이 떠도

눈썹 같은 초승달이 앙상한 나뭇가지에 나뭇잎처럼 걸려 있다. 달못에 그 파리한 달빛이 얼비쳤다.

달못에는 다시 달이 떴지만, 달못에 비친 달을 그렇게도 좋아하던 큰형은 이제 이 곳에 없다.

선은 못가 누각에 서서 추운 줄도 모르고 달못을 바라보고 있었다. 큰형을 기억하듯 달못을 언제까지나 기억하기 위해 선은 달못을 하염없이 바라보았다.

큰형과의 그 많은 추억이 어린 달못과도 내일이면 영원한 이별을 해야 한다. 내일 떠나면 언제 다시 달못을 보게 될지, 아니 다시는 달못을 볼 수 없게 될지도 모른다. 큰형을 두 번 다시 만날 수 없듯이.

소설절도 지나고 겨울의 한복판인 대설절이라 바람이 차가웠지만, 떠나간 큰형을 생각하면 춥다는 생각을 하는 것조차도 사치스럽게 느껴졌다.

큰형은 나라 잃은 백성들을 이끌고 눈보라가 휘날리는 북쪽, 먼 곳으로 가고 있을 터였다. 큰형이 온몸으로 맞아야 하는 바람은 살을 에는 듯 차갑고 매운 칼바람이리라.

한 달 보름 전에 큰형과 함께 달못에서 뱃놀이하던 일이 문득 떠올랐다. 그리 오래 전 일이 아닌데도 까마득한 옛날 일처럼 느껴졌다.

그 때 큰형이 그토록 달못 갓길을 천천히 산책한 것도, 못 가운데 섬에 서서 불이 켜진 전각들을 처음 보는 듯이 오랫동안 바라본 것도, 머지않아 닥쳐올 영원한 이별을 이미 다 헤아렸기 때문이었다.

그 때 큰형의 마음이 어떠했을까 생각하니 선은 코끝이 찡했다.

아바마마는 결국 지난달 10월 어느 날 어전 회의를 열어 왕건에게 항복하기로 결정했다. 큰형과 몇몇 대신들이 반대했지만 이미 활시위를 떠난 화살이었다.

아바마마는 왕건에게 보내는 항복의 글월을 썼고, 시랑 김봉휴가 그 글월을 가지고 왕건에게로 갔다.

큰형은 죽어도 신라를 저버리지 않겠다면서 왕건의 힘이 미치지 않는 깊은 산 속으로 들어가 끝까지 신라의 태자로 살겠다고 했다. 상덕은 물론이고, 무기를 버리고 해산했던 남산성의 백성들도 큰형을 따라가겠다고 했다. 남산성의 장수와 몇몇 대신들도 큰형을 따라가겠다고 했다.

사흘 전 큰형은 월지궁을 떠났다. 큰형이 하직 인사를 하자 아바마마는 눈물을 글썽거렸다. 큰형의 눈에도 눈물이 고였으나, 큰형은 잠시 먼 곳을 바라보더니 이내 그 눈물을 거두었다.

그 날 가장 많이 운 사람은 선이었다. 큰형에게 아무 말도 못하고 계속 훌쩍거렸다.

큰형도 목이 메는지 한동안 아무 말 없이 선을 바라보고만 있었다.

마침내 큰형이 차분하게 가라앉은 목소리로 말했다.

"선아, 네가 많이 보고 싶을 것 같구나."

선은 더욱 섧게 흐느꼈다.

"언젠가 내가 말했지. 넌 환하게 웃는 모습이 예쁘다고. 네가 웃는 모습을 보고 떠나고 싶구나."

큰형의 부드러운 목소리는 지극한 슬픔도 가라앉게 만드는 신비한 힘이 있었다.

선은 눈물 젖은 눈을 들어 큰형을 바라보며 억지로 웃었다.

큰형도 밝게 웃었다. 큰형의 얼굴은 폭풍이 지나간 바다처럼 고요했다.

선의 눈에서 또다시 눈물이 쏟아졌다. 큰형을 따라가겠다고 말하고 싶은데, 마음만 간절할 뿐 말이 되어 나오지 않았다. 설령 말을 한다고 해도 큰형이 데려가지도 않을 터였다. 선 또한 큰형을 따라갈 자신도 용기도 없었다.

선이 원한 것은 큰형이 예전처럼 그대로 선의 곁에 머물러 있는 것이었다. 이미 돌이킬 수 없는 일인데도 선은 자꾸만 자신이 나쁜 꿈을 꾸는 것만 같았다. 어느 순간 꿈에서 깨어나 행복했던 옛날로 돌아갈 수 있을 것 같았다.

"태자전하, 가지 않으면 안 되나요?"

부질없는 말인 줄 알면서도 선은 그렇게라도 말하지 않고서는 견딜 수 없었다.

"네가 좀더 자라면 내 마음을 이해하게 될 거다. 잘 있어라, 선아. 어디에 가 있든 널 잊지 않으마."

큰형이 선을 힘껏 안았다. 그러고는 뒤돌아보는 일 없이 궁궐을 떠나 버렸다. 나라 잃은 백성들을 이끌고, 사나운 겨울 바람 속으로, 아주 멀리 가 버렸다.

선은 그것이 큰형과의 영원한 이별이라는 것을 잘 알고 있었다. 아무리 보고 싶어도 다시는 큰형을 볼 수도, 만날 수도 없을 터였다.

사흘 전의 그 가슴아픈 이별을 생각하자 선의 눈에는 다시 눈물이 고였다.

달못에는 이렇게 달이 떴는데 큰형은 이 곳에 없다!

큰형이 선의 곁을 훌쩍 떠났듯이 내일 선도 이 곳 달못과 월지궁을 떠난다. 아바마마를 따라 고려의 서울 송악으로 가야 하는 것이다.

큰형은 이미 망해 버린 신라를 끝까지 지키려고 달못을 떠났지만, 아바마마는 반대로 신라를 영원히 버리고, 왕건의 신하가 되어 고려 조정에서 일하기 위해 이 곳을 떠난다. 많은 대신들과 관리들이 아바마마를 따라간다고 했다. 백성들 중에서도 그 행렬을 따라가는 사람들이 제법 있을 것이라고 했다.

눈물 어린 눈으로 달못에 번지는 달빛을 바라보면서 선은 생각해 보았다. 만약 자신이 형처럼 스스로 무언가를 결정할 수 있는 나이였다면, 그 때 자신은 누구를 따랐을까 하고. 큰형을 따랐을까, 아바마마를 따랐을까?

정직하게 말하자면 자신은 결국 아바마마를 따랐을 것이다. 선은 큰형이 가는 그 힘든 가시밭길을 도저히 따라갈 자신이 없었다. 아무리 나이가 들어도 선은 큰형처럼 될 수 없으리라.

그 사실이 선을 또 슬프게 했다. 눈물이 마구 뺨을 타고 흘러

내렸다. 눈앞이 뿌옇게 흐려져 아무것도 보이지 않았지만, 선은 눈물을 닦을 생각도 하지 않고 그대로 흐르도록 내버려 두었다.

"선아, 너 여기서 혼자 무얼 하는 게냐?"

아바마마의 목소리에 선은 급히 눈물을 닦으며 돌아보았다. 아바마마가 어느 새 누각에 와 있었다. 내관이 든 등불이 찬바람에 흔들렸다. 슬픔에 겨워 다가오는 발소리조차 듣지 못했나 보다.

"왜 여기 나와 있느냐? 밤 바람이 차고, 사방은 어두운데……."

아바마마가 다정하게 물었다. 선은 또다시 눈물이 쏟아질 것 같아 아무 대답도 못하고 고개를 숙였다.

"내관은 잠시 물러가 있으라."

내관이 든 등불 빛이 누각 아래로 사라졌다.

"내일 떠나면 언제 다시 이 곳에 와 볼 수 있겠느냐. 해서 반월성을 다 둘러보고 내친 김에 예까지 와 보았다. 너도 여기를 떠나기가 서운한 게로구나."

"예."

선은 슬픔을 가라앉히려 애쓰며 짤막하게 대답했다.

"그래, 지금은 섭섭하고 서운하겠지만 송악에 가서 살다 보면 그 곳에도 정이 들 거다."

"아바마마, 이 곳에 다시 올 수는 없겠지요?"

다 알고 있으면서 선은 저도 모르게 그렇게 물었다.

"이미 신라가 없어졌는데, 신라의 궁궐인들 제대로 남아 있겠느냐. 그리고 내일부터는 아바마마라고 부르지 말아라. 그냥 아버지라고 불러라. 넌 이제 왕자가 아니고 아비도 임금이 아니니라."

그건 선도 알고 있는 일이었다. 아바마마가 고려에 가면 그때부터는 아무도 아바마마를 대왕폐하라고 부르지 않으리라. 하늘에 해가 하나이듯 고려의 대왕은 왕건 한 사람뿐이니까.

그러나 큰형은 신라를 저버리지 않았으므로 언제까지나 신라의 태자일 것이다. 신라를 위해, 그 사랑을 위해 큰형이 누릴 수 있는 세상의 모든 좋은 것들을 미련 없이 버렸기에, 큰형은 영원히 신라의 태자일 것이다.

큰형을 생각하자 선은 더 이상 눈물을 참을 수 없었다. 참고 참았던 울음보가 터지면서 선은 훌쩍이기 시작했다.

"선아, 왜 그러느냐? 아비가 임금이 아니라 해도 달라지는 건 아무것도 없다. 왕건은 우리를 극진하게 맞아 줄 것이니, 넌 여전히 왕자처럼 살 수 있을 것이다. 아무 걱정 말아라, 선아."

선의 울음소리가 커졌다. 아바마마는 선의 마음을 조금도 헤아리지 못했다. 선을 철이 전혀 없는 어린아이로만 여기고 있었다. 큰형 같으면 벌써 선이 왜 우는지 알아차렸을 터인데.

"아바마마, 태자 형님이 보고 싶어요. 태자 형님이……."

선은 너무나 안타까워 울면서 소리쳤다. 아바마마는 한동안 아무 말도 않더니 이윽고 선을 가만히 안아 주었다.

"선아, 사실은 이 아비도 태자가 보고 싶구나. 태자는 이 아비를 조금도 닮지 않았다. 그래서 더욱 태자를 사랑했다. 그 어느 아들보다도……."

아바마마의 목소리는 차분하게 가라앉아 있었지만, 선은 그 차분함이 왠지 더 슬펐다.

선은 아바마마 품에 안겨 한없이 흐느꼈다. 큰형을 생각하면서, 달못과 여러 궁궐과 이제는 사라져 버린 신라를 생각하면서 선은 어린아이처럼 울고 또 울었다.

다시 천 년 뒤에

을미년 시월 열사흗 날, 소설절이었다. 하늘과 땅 사이에는 차가운 기운이 가득 들어차 계절은 바야흐로 겨울로 접어들고 있었다. 경주는 남쪽이라 그래도 추위가 덜한 편이지만 가사 장삼 속으로 스며드는 밤 바람은 차갑기만 했다.

밤 하늘에는 보름을 앞둔, 한 귀퉁이가 약간 여윈 둥근 달이 둥두렷이 떠 사방에 휘황한 달빛을 뿌리고 있었다. 그 달빛 아래 갈대 우거진 달못이 꿈결처럼 아득하게 펼쳐져 있고, 기러기와 오리들이 갈대 사이를 유유히 헤엄쳐 다니고 있었다.

'이제는 달못, 월지라고 할 수도 없겠구나. 차라리 기러기와 오리들의 못, 안압지라고 부르는 것이 어울릴 것 같구나.'

폐허가 된 월지궁 달못 북쪽 못가에 서서 범공(梵空) 스님은 텅 빈 마음으로 갈대 우거진 달못을 바라보고 있었다. 꼭 60년 만에 다시 월지궁으로 돌아와 이렇게 달못을 바라보는 것이다.

얼마나 이 곳에 다시 와 보고 싶었던가!

60년 전, 을미년 시월에 범공 스님의 나라 신라는 멸망했다.

그 해 10월 어느 날 시랑 김봉휴가 아바마마 김부 대왕이 쓴 항서를 가지고 고려로 갔다. 그것으로 신라라는 나라는 영원히 사라졌고, 그 뒤 옛 신라 땅은 경주로 그 이름이 바뀌었다. 그 때 범공 스님의 나이 열세 살이었고 이름은 선이었다.

그 때부터 지금까지 살아온 60년의 세월이 범공 스님의 머릿속을 주마등처럼 스쳐 갔다.

그 해 11월에 선은 아버지를 따라 고려로 갔다. 많은 대신들과 관리들, 백성들까지도 신라의 마지막 임금인 선의 아버지를 따라 고려로 갔다. 향나무로 만든 수레와 구슬로 장식한 말이 삼십 리에 뻗쳐 길게 이어졌고, 호위하는 병사와 시종들이 길을 가득 메웠다. 구경꾼들이 구름처럼 몰려들어 그 광경을 구경하였다.

그러나 그보다 훨씬 많은 사람들이 신라 땅에, 아니 경주에 그냥 남아 있었다. 끝까지 신라를 지킬 자신도 없고 그렇다고 스스로 고려 땅을 찾아가 고려 백성이 되고 싶지도 않은 대부분의 사람들이 그대로 남았다. 할 수 없이 고려 백성으로 살기는 하겠지만 마음 속으로는 신라를 잊지 못하는 사람들이었다.

백성들의 마음이 신라를 떠났다고는 하지만 적극적으로 고려 백성이 되기를 원한 사람은 생각만큼 많지 않았다.

어쨌거나 고려에 간 아버지는 왕건에게 극진한 대우를 받았다. 아버지 일행이 송악에 도착하던 날 왕건은 몸소 교외로 나와 아버지를 맞이했다. 왕건은 아버지를 위로하며 대궐 동쪽에 큰 집을 주어 살게 했다.

뿐만 아니라 왕건은 맏딸 낙랑공주를 아버지에게 주어 아내로 삼게 했고, 아버지의 사촌 누이를 자신의 아내로 삼았다. 그 혼인으로 아버지를 비롯한 신라 왕족들은 고려 왕족에 버금가는 지위를 누리게 되었다.

그 해 12월에 왕건은 아버지를 정승으로 삼았다. 그것은 고려 태자와 같은 지위였다. 또한 신라를 경주로 이름을 고쳐 아버지에게 식읍(食邑, 세금을 거두는 땅)으로 주었다. 아버지를 따라갔던 대신들도 각자에게 맞는 벼슬과 땅을 하사 받았다.

그 겨울에 선은 크게 병이 나 한 달 가까이 앓다가 겨우 자리에서 일어났다. 의원의 말로는 고뿔에 몸살이 겹쳤다고 했다. 하지만 선은 알고 있었다. 그 때 그렇게 몸이 아팠던 것은 마음이 그보다 훨씬 심하게 아팠기 때문이라는 것을.

한 달 만에 자리에서 일어났을 때 선은 세상이 달라져 있다는 사실을 깨달았다. 아니, 세상이 달라진 것이 아니라 선이 달라져 있었다.

겉으로 보기에는 달라진 것이 별로 없었다. 어머니가 또 한 명 생기기는 했지만 왕이나 대신들이 아내를 여럿 두는 것은 흔한 일이었으므로 식구들 모두가 당연한 일로 받아들였다. 게다가 여전히 왕자처럼 살고 있으니 변한 것은 거의 없는 셈이었다.

그러나 선이 바라보는 세상은 예전 같지 않았다. 그토록 많은 것을 누리고 있는데도 이상하게 세상이 텅 빈 것처럼 쓸쓸하게 느껴질 때가 많았다. 가슴 속으로 자주 바람이 불었다. 월지궁에 있을 때 가슴 속에서 일던 높하늬바람보다 훨씬 드센 된바람이 걷잡을 수 없이 불어 대곤 했다.

그것은 큰형 때문이었다. 큰형이 좋아하던 것들을 바라볼 때면 불쑥불쑥 큰형이 생각났다.

밤 하늘의 달을 볼 때, 천진하게 지저귀는 박새를 볼 때, 눈부신 흰 꽃잎 속에 꺾이지 않는 붉은 마음을 간직한 무궁화를 볼 때, 하늘을 향해 곧게 뻗은 서리 모르는 잣나무를 볼 때, 누군가 무심히 부르는 노랫소리를 들을 때, 그럴 때마다 큰형이 썼던 '신라'라는 두 글자처럼 큰형의 모습이 선명하게 떠오르곤 했다.

어떤 때는 환하게 웃는 모습으로, 어떤 때는 깊은 생각에 잠긴 모습으로, 어떤 때는 눈물을 흘리며 소리 없이 통곡하는 모습으로, 어떤 때는 한없이 다정하고 따뜻한 모습으로 떠올라 선의 마음을 아프게 했다.

큰형이 못 견디게 보고 싶고 월지궁과 달못도 그리웠다. 선은 가슴이 따끔따끔 아프기까지 한 그 그리움이 세월이 흐르면 저절로 엷어질 것이라 믿었다. 아버지와 다른 형들이 처음에는 반월성과 지난날들을 그리워하다가 곧 새로운 생활에 익숙해진 것처럼 선도 그렇게 될 것이라 믿었다.

하지만 그것은 선의 생각일 뿐, 아무리 세월이 흘러도 큰형에 대한 그리움은 조금도 수그러들지 않았다.

그로부터 몇 해 뒤에 선에게는 아우가 셋이나 생겼다. 낙랑공주가 아들 둘과 딸 하나를 낳았다. 아버지는 늦게 얻은 자식들을 무척 사랑했고 낙랑공주도 사랑했다. 어떤 때 아버지는 반월성에 있을 때보다 더 행복해 보였다.

어린 아우를 안고 흐뭇해하는 아버지를 볼 때면 선의 가슴 속에서는 사나운 된바람이 불어 댔다. 아우가 셋이나 더 생긴 사실을 큰형이 아는지 모르는지 알 수 없지만, 선은 언제까지나 큰형의 가장 사랑하는 막내아우로 남고 싶었다.

그 무렵 선은 바람결에 개골산에 살고 있다는 큰형의 소식을 들었다. 큰형은 바위에 의지하여 집을 짓고, 언제나 삼베 옷을 입고 나물죽을 먹으면서 큰형을 따라간 백성들과 더불어 살고 있다고 했다. 한 순간도 신라를 잊지 않으면서 늘 삼베 옷만 입고 다니는 큰형을 백성들은 '마의태자(麻衣太子)'라고 부른다고 했다. 경주 땅에 남아 있는 사람들까지도 큰형을 마의태자라고 부르면서 그리워한다고 했다.

삼베 옷을 입은 태자. 아, 마의태자.

그 소식을 듣고 나서 선은 한동안 음식을 제대로 먹을 수 없었다. 거친 삼베 옷을 입고 나물죽을 먹는 큰형의 모습이 자꾸만 눈앞에 어른거려 목이 메었다. 아무도 없는 곳에 가서 가슴이 터져라 통곡하고 싶었다.

그 격한 감정이 가라앉은 다음부터, 선은 이따금 부끄럽다는 생각을 하였다. 특히 남산성에서 백성들과 함께 안민가를 부르던 일이 생각날 때면 얼굴이 화끈거릴 만큼 부끄러웠다. 그 때 선은 분명 마음 속으로 다짐했다. 무슨 일이 생기면 큰형을 따르겠다고, 절대 신라를 저버리지 않겠다고. 지키지도 못할 다짐을 선뜻하고 그만큼 쉽게 그 다짐을 저버린 자신이 부끄럽고 또 부끄러웠다.

세월이 흘러 선도 어른이 되었다. 다른 형들처럼 장가도 들고 벼슬길에도 올랐다. 귀여운 자식도 생겼고 남부러울 것 하나 없었다.

그런데도 선의 가슴 속에서는 자주 스산한 바람이 불어 댔다. 큰형에 대한 그리움은 여전했지만 큰형의 모습은 차츰 희미해져 갔다. 대신 세월이 흐를수록 한 가지 모습만이 선명하게 선의 뇌리에 떠올랐다.

그것은 삼베 옷을 입고 바위에 기대서서 먼 하늘을 바라보는 큰형의 모습이었다. 한 번도 직접 본 적이 없는 그 모습이 어째서 그토록 선명하게 떠오르는 것인지 선 자신도 알 수 없었다. 게다가 삼베 옷을 입은 그 모습은 늘 선을 슬프고 가슴아프게 했다.

어느 해 늦은 봄에 선은 큰형이 백성들과 함께 살고 있다는 개골산으로 간 적이 있었다. 큰형을 만나고 싶어서였다. 그 언저리에 사는 사람들에게 물어 물어 산 속 깊은 곳까지 들어가 보았으나, 큰형이 사는 곳은 끝내 찾을 수 없었다.

다만 한 가지, 개골산 언저리에 사는 백성들의 마음은 확실하게 알 수 있었다. 그들이 큰형을 무척 사랑하고 또 자랑스러워한다는 것을. 그들은 여전히 자신들을 신라 백성이라 여기고 신라를 잊지 않고 있다는 사실을.

언젠가 큰형이 말했다. 이기고 지는 것은 그리 중요한 일이 아니라고. 중요한 것은 그 정신이, 혼이 살아 있는 것이라고.

신라가 망한다 해도 신라의 정신이 살아 있다면 신라는 언제까지나 기억될 것이라고.

큰형이 옳았다. 큰형이 있기에 백성들은 신라를 잊지 못하는 것이고, 또한 신라는 언제까지나 기억될 것이리라.

큰형을 만나지도 못하고 개골산을 내려오면서 선은 소나기를 만났다. 선은 큰 바위 아래 서서 소나기를 피했다. 얼마 뒤, 비는 그쳤고 하늘은 씻은 듯이 말갛게 개었다.

바위 아래서 나온 선은 무지개를 보았다. 무지개는 마치 땅과 하늘을 이어 주는 다리처럼 영롱한 빛으로 하늘 저편에 떠 있었다.

순간 선은 그 무지개가 큰형이 제게 보내는 마음처럼 느껴졌다. 사람의 마음이 지극하면 그 무엇에든 그 마음이 이르게 되는 것이라고 큰형이 가르쳐 주지 않았던가.

큰형은 분명 선이 개골산까지 온 것을 알고 있을 터였다. 그래서 큰형은 무지개에게 부탁했을 것이다. 비록 몸은 서로 떨어져 있어서 만날 수 없지만 큰형의 마음은 늘 선 곁에 있다고, 그 마음을 선에게 전해 달라고.

선은 큰형의 그 마음을 느꼈다. 큰형의 마음이 향 연기처럼 가볍게 날아올라 마침내 무지개까지 이르렀음을 깨달았다.

"내가 저 아래까지 바래다주마."

문득 큰형의 부드러운 목소리가 들린 듯하여 선은 뒤돌아보았다. 큰형의 모습은 아무 데서도 보이지 않았다. 봄바람만이 선을 배웅하려는 듯 선 곁에서 살랑살랑 불어 대고 있었다. 개골산의 모든 것에 큰형의 마음이 스며 있음을 선은 느꼈다.

개골산에서 돌아온 다음부터 선은 삼베 옷을 입은 큰형의 모습이 떠올라도 조금도 슬프거나 가슴아프지 않았다. 오히려 그 모습이 큰형의 그 어떤 모습보다 아름답게 느껴졌다. 그 모습이 아름답게 느껴질수록 까닭 없이 자신이 부끄러웠고, 더욱 큰형이 그리웠다.

그 뒤, 아버지가 돌아가셨다. 고려의 5대 임금 경종 때였다. 고려왕은 아버지에게 '경순왕'이라는 시호를 내렸다. 한때 신라의 임금이었다가, 오랫동안 고려의 정승이었던 아버지는 죽어서 다시 신라의 마지막 임금으로 되돌아간 것이다.

큰형이 아버지의 죽음에 대한 소식을 들었는지 선은 알 수 없었다. 개골산에 다녀온 이후 선은 큰형에 대한 소식을 전혀 듣지 못했다.

아버지의 죽음 이후 선의 가슴 속에서는 매서운 된바람이 전에 없이 드세게 불어 댔다. 그 바람을 견딜 수 없어서 선은 식구들을 모두 버리고 스님이 되었다. 범공이라는 이름도 새로 얻었다.

지난 여러 해 동안 범공 스님은 세상일은 모두 잊고 불도만 열심히 닦으며 살아왔다. 덕분에 가슴 속의 바람도 잔잔하게 가라앉았고, 큰형에 대한 그리움도 가슴 저 밑바닥에 잠재울 수 있었다.

그런데 올해 을미년 가을부터 범공 스님의 가슴 속에서 다시 바람이 불기 시작했다. 큰형이, 60년 전 그 가을 어린 시절이 그리웠다. 그리움을 참으려 애쓰면 애쓸수록 가슴이 마치 불에 덴 듯 얼얼하게 아파 왔다.

'허허, 내가 그 동안 불도를 헛 닦았구나. 제대로 닦지 못했어……'

범공 스님은 부처님 앞에 향을 사르면서 마음을 다스리려 했지만 한번 불기 시작한 바람은 좀처럼 멎을 줄 몰랐다. 그 바람을 잠재우기 위해 스님은 묵고 있던 해인사를 떠나 발길 닿는 대로 여기저기 떠돌아다녔다. 가다가 절이 있으면 그 절에 묵었고, 절이 보이지 않을 때는 산 속이나 들판에서 밤을 새기도 했다.

그러다 문득 정신을 차려 보니 어느 새 스님은 경주에 와 있었고, 자신도 모르는 사이에 월지궁까지 와 버렸다.

어쩌면 달못이, 달못에 뜬 달이 스님을 부른 것일지도 모른다.

60년 만에 다시 와 본 월지궁은 폐허가 되어 있었다. 반월성은 그래도 지난날의 화려했던 자취가 조금이나마 남아 있는데, 월지궁은 그 터만 남아 있었다. 화려했던 전각들은 다 무너졌고, 두 명의 악전(정원사)이 정성 들여 가꾸던 아름다운 정원은 나무가 제멋대로 자라는 야산이 되어 버렸다. 달못에는 갈대만 무성했다.

 그것은 신라가 망한 뒤에 고려의 병사들이 신라의 모든 궁궐을 부수어 버렸기 때문이다. 궁궐은 신라의 상징이니, 신라가 망했다는 것을 백성들에게 확실하게 일깨워 주기 위해서라도 궁궐을 그대로 둘 수는 없었다.

 병사들은 다른 어떤 궁궐보다 월지궁을 더 철저하게 부수어 버렸다. 월지궁은 고려를 끝끝내 받아들이지 않은 큰형이 살던 궁궐이었기 때문이다. 월지궁을 완전히 부수어 신라 백성들의 마음 속에 남아 있는 큰형까지도 지워 버리려 했다. 큰형이 그토록 지키려 했던 신라를 지워 버리기 위해서.

 하지만 사람의 가슴 속에 새겨진 그리움은 이 세상 그 어떤 힘으로도 지울 수가 없다. 그 그리움 때문에 범공 스님은 60년의 세월이 흐른 뒤에, 이렇게 다시 월지궁으로, 달못으로 돌아온 것이다.

 '무엇 때문에 나는 지난 세월 동안 그토록 큰형님을 간절하

게 그리워하면서 살아온 것인가?'

 범공 스님은 못가 바위에 앉으면서 곰곰이 생각해 보았다.

 큰형은 어린 시절 선이 꾸었던 가장 아름다운 꿈이었다. 비록 아바마마를 따라 아바마마처럼 살았지만 마음 속으로는 언제나 큰형을 꿈꾸었다. 큰형과 헤어진 다음부터 선은 언제나 큰형, 마의태자를 꿈꾸며 살아왔다.

 큰형은 기파랑을 꿈꾸었고, 지극한 슬픔을 넘어 그 꿈을 이루었다. 큰형을 만나러 개골산에 갔다가 무지개를 본 순간 선은 문득 깨달았다. 큰형이 마침내 자신의 꿈을 이루었다는 것을. 자갈밭 같은 세상을 이겨 내고 이 세상 너머에 있는 아름다운 그 무엇, 달처럼 물처럼 영원한 그 무엇에 이르렀다는 것을.

 그러나 선은 언제나 큰형을 꿈꾸었으면서도 그 꿈을 이루지는 못했다. 그래서 그 꿈은 더욱 아름다웠고, 그리움은 그토록이나 간절했다.

 '태자 형님은 아직도 살아 계실까? 만약 살아 계시다면 여든이 넘은 노인이 되셨을 테지.'

 범공 스님은 노인이 된 큰형을 상상해 보려 했지만, 눈 앞에 떠오르는 모습은 헤어질 때 본 그 모습, 스물한 살 청년의 모습뿐이었다. 이 세상 마지막 날까지도 큰형은 그런 모습으로 스님의 가슴에 남아 있으리라.

"휘이이, 휘이이."

심술궂은 초겨울 바람이 날카로운 휘파람을 불며 폐허가 된 궁궐 뜰을 휩쓸고 지나갔다. 차가운 기운이 스님의 옷 속으로 파고들었다.

범공 스님은 허리춤에 차고 있던 호리병을 꺼내 술을 한 모금 마시고는 달못에도 조금 따라 주었다.

"달못님도 술 한잔 드시오."

술기운이 돌자 몸이 조금은 따뜻해지는 것 같았다. 스님은 조금 야윈 듯하여 한층 아름다워 보이는 열사흗 날 달에게도 호리병을 들어 술을 권했다. 큰형과 달못에서 마지막 뱃놀이를 했을 때도 바로 저런 열사흗 날 달이 휘영청 떠 있었다.

그 때 큰형이 했던 말이 갑자기 스님의 가슴을 치며 되살아났다.

"달못이 나를 기억하기보다 내 꿈을 기억해 주었으면 더 좋겠구나."

그렇다. 스님이 이 세상에서 사라지고 나면 먼 훗날 그 누가 큰형과 큰형의 꿈을 기억해 줄 것인가.

물론 역사책에 큰형에 대한 기록은 남겠지만, 멸망한 나라의 태자에 대해 자세하게 기록하지는 않으리라. 고려와 끝까지 싸우기를 주장했고, 나라 잃은 백성들을 이끌고 개골산으로 들어가 삼베 옷과 나물죽으로 일생을 마쳤으며, 마의태자라고 불리었다고, 그렇게 간단하게 몇 줄 기록할 뿐이리라.

큰형은 먼 후세 사람들이 자신을 기억해 주기를 바라지는 않았다. 다만 선과 달못이 큰형의 꿈을 기억해 주기만을 바랐을 뿐이다.

하지만 범공 스님은 간절하게 바라고 있었다. 누군가 큰형이 꾸었던 그 아름다운 꿈을 영원히 기억해 주기를. 큰형의 눈빛, 큰형의 목소리, 큰형의 마음, 큰형의 그 모든 것과 자신이 큰형을 얼마나 사랑했는지, 그것까지도 영원히 기억해 주기를.

범공 스님은 다시 술을 한 모금 마셨다. 술기운이 돌자 슬픈 가운데서도 까닭 없이 흥이 나고 기분이 좋아졌다. 그와 함께 60년 전 남산성에서 큰형이 불렀던 찬기파랑가의 노랫가락이 귓가에 쟁쟁하게 되살아났다. 본국검을 몸소 해 보이던 그 모습, 마치 칼춤을 추는 듯했던 그 모습도 눈앞에 어른거렸다.

스님은 자리에서 일어나 넓은 소맷자락을 휘두르며 춤을 추기 시작했다. 입에서는 절로 찬기파랑가가 흘러나왔다. 춤추고 노래하면서 범공 스님은 밤 하늘과 달에게, 바람에게, 폐허가 된 궁궐터와 달못에게 마음을 다해 이야기했다. 노래 속에 담긴 큰형의 꿈을, 큰형과의 갖가지 추억을, 큰형에 대한 한없는 그리움을.

열치매 나타난 달이

흰 구름 좇아 떠 가는 곳 어디인가

새파란 냇물에

낭의 모습 어려 있네

일천 냇가 자갈밭에

낭께서 지니시던

마음의 끝을 좇고저

아 잣가지 드높아

서리 모르올 화랑이시여

  노래가 끝나고 춤도 끝났다. 범공 스님은 다시 바위에 걸터앉았다. 노래하고 춤을 추어서일까, 아니면 술을 마신 때문일까. 온몸에 따뜻한 기운이 퍼졌다.

  그 따뜻함 속에서 범공 스님은 분명하게 느낄 수 있었다. 자신의 이야기가 마침내 달에게, 바람에게, 궁궐터에게, 달못에게 다 전해졌음을.

  오랜 세월이 흐른 뒤에, 다시 천 년 뒤에 그 누군가 역사책 속에 기록된 몇 줄을 읽고서 큰형, 마의태자를 꿈꾸고 그리워하게 될는지도 모른다. 그리하여 그 사람은 마의태자의 자취를 찾아 이 곳 월지궁을 찾아오리라.

그 때 바람이며, 달이며, 궁궐터며, 달못이 말해 주리라. 기파랑을 꿈꾸었고 마침내는 신라의 마지막 화랑이 된 큰형, 마의태자의 이야기를. 간절한 마음을 가진 사람이면 분명 그 이야기를 들을 수 있으리라. 한 줄기 바람에게서, 기러기와 오리들의 못이 되어 버린 달못에게서, 하늘과 땅 사이에 있는 그 모든 것들에게서 분명 들을 수 있으리라.

범공 스님은 자리에서 일어났다. 호리병을 다시 허리춤에 차고 달빛을 밟으며 걷기 시작했다. 이제 이 곳을 떠나야 한다. 두 번 다시 이 곳에 와 볼 수는 없으리라.

늙은 스님의 두 눈에 눈물이 고였다. 어른거리는 눈물 속에서 큰형의 모습이 선명하게 떠올랐다. 삼베 옷을 입은 모습이 아니라, 오래 전에 희미해진 모습들이, 열세 살이던 그 해 가을에 보았던 큰형의 여러 모습들이 거짓말처럼 선히 떠올랐다.

소리내어 웃는 모습, 다정하게 이야기하는 모습, 생각에 잠긴 눈으로 달못을 바라보는 모습, 두 눈에 눈물을 가득 담고서 안아 주려던 아바마마의 손길을 뿌리치던 그 모습…….

어린 시절 보았던 그 모습들이 되살아난 것이 너무 기뻐 범공 스님은 눈으로는 울고 입으로는 웃으면서 월지궁을 떠났다.

폐허가 된 궁궐터에는 다시 바람이 일고, 열사흗 날의 달빛만이 교교하게 빛나고 있었다.

● 작가의 말

마의태자에 대한 사랑

    내가 역사 속의 마의태자에게 처음 관심을 갖게 된 것은 중학교 때였다. 그 때 중학교 교과서에 정비석 선생의 '산정무한' 이라는 금강산 기행문이 실렸는데, 그 기행문 내용 가운데 마의태자 이야기가 있었다.

    화려하게 묘사되는 아름다운 금강산 정경 속에서 잠깐 등장하는 마의태자 이야기는 이상하게도 내 마음을 단숨에 사로잡았다.

    나라 잃은 백성들을 이끌고 금강산으로 들어온 마의태자의 마음이 어떠했을까 상상하는 것만으로도 마음이 아팠다. 마의태자의 마음은 금강산의 단풍보다 더 선명한 빛깔일 것 같았고, 그만큼 더 눈부시고 아름다울 것 같았다.

    작가가 된 다음, 나는 마의태자 이야기를 써 보고 싶었지만 생각만 있을 뿐 선뜻 시도하지는 못했다. 역사동화나 역사소설이라는 장르가 아무래도 낯설었기 때문이다. 나는 스물일곱 살 때 비교적 일찍 동화작가로 등단했는데, 그 뒤 여러 가지 이유에서 활발하게 작품을 쓰지는 못했다. 그러다 1996년 무렵, 문득 이런 생각이 들었다.

'동화를 쓰려면 이제부터 본격적으로 쓰자. 아니라면 아예 그만두자.'

나는 다시 시작하는 마음으로 내가 좋아하는 역사동화를 써 보기로 마음먹었고, 그 첫 시도로 마의태자 이야기를 쓰기로 했다.

무엇보다 마의태자의 마음, 그 정신을 그려 보고 싶었다. 로망 롤랑은 '베토벤의 생애' 서문에서 이렇게 말했다. '총칼로 위대했던 사람이 아니라 마음으로 위대했던 사람이 진정한 영웅'이라고. 나는 내가 꿈꾸는 진정한 아름다운 사람의 모습을, 마음의 위대함을 마의태자를 통해 그려 보고 싶었다.

하지만 그 일은 생각만큼 쉽지 않았다. 마의태자에 대한 역사적 기록은 삼국사기와 삼국유사에 나와 있는 몇 줄뿐인데, 그 몇 줄을 토대로 내 마음껏 머릿속으로 마의태자를 상상하는 일은 즐거웠지만, 그 상상을 어떻게 구체적으로 형상화할까 생각하면 문득 천 년의 시간과 공간이 까마득하게 느껴지곤 했기 때문이다.

그러다 경주에 갔다. 경주의 모든 것이 감동적이었지만, 그 중에서도 터만 남은 반월성은 자석처럼 내 마음을 잡아끌었다. 사람이 거의 없는 반월성터에 혼자 가만히 앉아, 스쳐 가는 바람 소리에 귀 기울이며 폐허가 된 궁궐터의 달밤을 상상해 보았다.

그러자 한 사람의 모습이 눈앞에 선히 떠올랐다. 나라를 잃어버린 사람, 달빛조차 스산한 밤에 폐허가 된 궁궐터에 와서 잃어버린 옛 나라를 생각하며 눈물짓는 사람……

결국 96년 초여름에 나는 마의태자 이야기를 쓰기 시작했다. 글을 쓰면서 때로는 마음이 아프기도 했지만 내내 행복했다. '사랑하였으므로 진정 행복하였네라' 라는 시 구절처럼.

그해 늦가을에 나는 『마지막 왕자』를 완성했고, 99년 봄에 마침내 책으로 나왔다. 그리고 많은 독자들이 『마지막 왕자』를 사랑해 주어 무척 행복했다.

책이 나온 지 8년 만에 『마지막 왕자』가 양장본 소설로 다시 독자들을 찾아간다. 나는 책의 인물이나 내용에 대해 더 자유롭게 상상할 수 있어서 그림이 없는 책을 더 좋아한다. 『마지막 왕자』가 그림 없는 책으로 나오게 되어 더욱 기쁘다.

새롭게 단장한 『마지막 왕자』가 또 어떤 독자들을 만나게 될지, 마치 처음 책을 냈을 때처럼 마음이 설레고 기대가 된다. 이미 천 년 전에 세상을 떠난 마의태자에 대한 내 사랑을 오래도록 많은 독자들과 함께 나누었으면 참 좋겠다고 생각해 본다.

2007년 6월 장미의 계절에
강숙인

푸른도서관은 10대에서 20대까지 눈부신 성장을 거듭하는 푸른 세대를 위한 본격 문학 시리즈입니다.

1. 뢰제의 나라 강숙인 | 윤석중문학상 수상작 동화읽는가족 추천도서
2. 아버지가 없는 나라로 가고 싶다 이규희 | 세종아동문학상 수상작가
3. 까망머리 주디 손연자 | 책따세 추천도서 학교도서관사서협의회 추천도서
8. 화랑 바도루 강숙인 | 동화읽는가족 추천도서
10. 마사코의 질문 손연자 | 세종아동문학상 수상작 SBS 어린이미디어대상 수상작
11. 아, 호동 왕자 강숙인 | 한우리독서토론논술 필독도서 서울독서교육연구회 추천도서
12. 길 위의 책 강 미 | 제3회 푸른문학상 수상작 책따세 추천도서
13. 느티는 아프다 이용포 | 한국문화예술위원회 우수문학도서 평화박물관 선정 청소년 평화책
14. 발끝으로 서다 임정진 | 책따세 추천도서
15. 마지막 왕자 강숙인 | 〈중앙일보〉 좋은책 100선 선정도서 어린이도서연구회 청소년 권장도서
16. 초원의 별 강숙인 | 동화읽는가족 추천도서
18. 쥐를 잡자 임태희 | 제4회 푸른문학상 수상작 아침독서 청소년 추천도서
19. 바람의 아이 한석청 | 한우리독서토론논술 필독도서 책읽는교육사회실천협의회 추천도서
21. 리남행 비행기 김현화 | 제5회 푸른문학상 수상작 책따세 추천도서
22. 겨울, 블로그 강 미 | 문화체육관광부 우수교양도서 아침독서 청소년 추천도서
23. 네가 하늘이다 이윤희 | 아침독서 청소년 추천도서 한국어린이문화대상 수상작
25. 뚜깐뎐 이용포 | 아침독서 청소년 추천도서 대한출판문화협회 올해의 청소년도서
27. 지귀, 선덕 여왕을 꿈꾸다 강숙인 | 책따세 추천도서 네이버 북리펀드 선정도서
28. 청아 청아 예쁜 청아 강숙인 | 한국출판인회의 선정 이달의 책 중앙도서교육 선정도서
30. 사라지지 않는 노래 배봉기 | 문화체육관광부 우수교양도서 네이버 북리펀드 선정도서
31. 김홍도, 조선을 그리다 박지숙 | 문화체육관광부 우수교양도서 〈소년조선일보〉 추천도서
32. 새가 날아든다 강정규 | 아침독서 청소년 추천도서
34. 밤나무정의 기판이 강정님 | 한국문화예술위원회 우수문학도서 대한출판문화협회 올해의 청소년도서
35. 스쿠터 걸 이 은 | 한국간행물윤리위원회 우수청소년저작 당선작
37. 열셀, 셀, 비밀과 거짓말 김진영 | 한국간행물윤리위원회 청소년 권장도서 문화체육관광부 우수교양도서
38. 허황옥, 가야를 품다 김 정 | 학교도서관저널 추천도서 대한출판문화협회 올해의 청소년도서
40. 그래도 괜찮아 안오일 | 한국간행물윤리위원회 우수청소년저작 당선작 한국문화예술위원회 우수문학도서
42. 조생의 사랑 김현화 | 서울시교육청 남산도서관 사서 추천도서 〈아침햇살〉 선정 좋은 청소년책
43. 아버지, 나의 아버지 최유정 | 한국문화예술위원회 우수문학도서 〈아침햇살〉 선정 좋은 청소년책
44. 타임 가디언 백은영 | 〈아침햇살〉 선정 좋은 청소년책
47. 악어에게 물린 날 이장근 | 책따세 추천도서 대한출판문화협회 올해의 청소년도서
48. 찢어, Jean 문부일 | 아침독서 청소년 추천도서 한국문화예술위원회 우수문학도서
49. 불량한 주스 가게 유하순 외 | 제9회 푸른문학상 수상작 아침독서 청소년 추천도서
51. 우리들의 매미 같은 여름 한 결 | 한국문화예술위원회 우수문학도서 네이버 북리펀드 선정도서
52. 모래시계가 된 위안부 할머니 이규희 | 국제펜문학상 수상작 학교도서관저널 추천도서
53. 나는 탈라랜드로 간다 김영리 | 제10회 푸른문학상 수상작 아침독서 청소년 추천도서
56. 눈썹 천주하 | 국립어린이청소년도서관 사서 추천도서 한국문화예술위원회 우수문학도서
57. 나는 지금 꽃이다 이장근 | 문화체육관광부 우수교양도서 어린이도서연구회 청소년 권장도서
58. 우리들의 사춘기 김인해 | 국립어린이청소년도서관 사서 추천도서 한국문화예술위원회 우수문학도서
여우 소녀 미랑 김자환 | 새벗문학상 수상작가
61. 택배 왔습니다 심은경 | 한국문화예술위원회 우수문학도서 학교도서관저널 추천도서
63. 나에게 속삭여 봐 강숙인 | 윤석중문학상 수상작가 학교도서관저널 추천도서
64. 아버지의 알통 박형권 | 한국안데르센상 수상작가
65. 나는 나다 안오일 | 제8회 푸른문학상 수상작가
66. 순희네 집 유순희 | 제14회 MBC 창작동화대상 수상작 제6회 푸른문학상 수상작가
67. 첫 키스는 엘프와 최영희 | 제11회 푸른문학상 수상작가 아침독서 청소년 추천도서
71. 우리는 가족입니다 유니게 | 한국출판문화산업진흥원 선정 세종도서 서울시교육청 어린이도서관 청소년 권장도서
73. 신라 공주 파라랑 김 정 | 제1회 푸른문학상 수상작가 학교도서관저널 추천도서
74. 옥상에 10분만 조규미 | 제10회 푸른문학상 수상작가 아침독서 청소년 추천도서
75. 별에서 별까지 신형건 | 대한민국문학상 수상작가 한국출판문화산업진흥원 청소년 권장도서
76. 뺑뺑 김선경 | 어린이도서연구회 청소년 권장도서 아침독서 청소년 추천도서
77. 우리들의 실연 상담실 이수종 | 제12회 푸른문학상 수상작가 학교도서관사서협의회 추천도서
78. 연애 세포 핵분열 중 김은재 | 제13회 푸른문학상 수상작가 학교도서관저널 추천도서 아침독서 청소년 추천도서
79. 데이트하자! 진 희 | 제13회 푸른문학상 수상작가 학교도서관저널 추천도서 울산남부도서관 올해의 책
80. 세 번의 키스 유순희 | 제8회 푸른문학상 수상작가 아침독서 청소년 추천도서
81. 파란 담요 김정미 | 한국문화예술위원회 문학나눔 선정도서 학교도서관저널 추천도서
82. 그 애를 만나다 유니게 | 아침독서 청소년 추천도서 학교도서관저널 추천도서 책따세 추천도서
83. 너를 읽는 순간 진 희 | 한국문화예술위원회 문학나눔 선정도서 대한출판문화협회 해외전파사업 선정도서
84. 기린이 사는 골목 김현화 | 제5회 푸른문학상 수상작가 학교도서관사서협의회 추천도서